# NEB

CAROLINE SOLÉ ✦ GAYA WISNIEWSKI

# NƎB

MÉDIUM

*l'école des loisirs*

11, rue de Sèvres, Paris 6e

*Loi n° 49.956 du 16 juillet 1949 sur les publications*
*destinées à la jeunesse : janvier 2024*
*Dépôt légal : janvier 2024*
*Imprimé en France par Estimprim*
*à Autechaux*

ISBN 978-2-211-33217-0

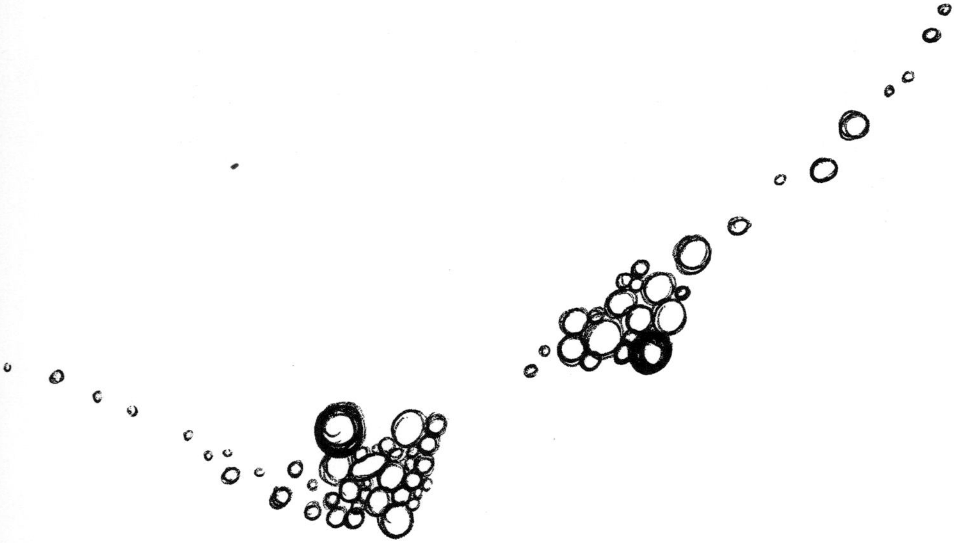

J'aurais pu jouer toute ma vie dans un monde virtuel. Être le dernier avatar survivant, j'en rêvais.

– Encore ! s'agaçait mon père dès qu'il me voyait sur mon téléphone.

Chaque fois qu'il pestait contre les écrans, je ne désirais plus qu'une chose : changer de planète. Et le lieu le plus lointain que j'ai trouvé, où mon père n'irait jamais, c'est le NƎB.

# AVATARS

Je déteste ces histoires où on attend des heures pour découvrir la grande catastrophe qui a traumatisé le héros. Alors autant le dire tout de suite : ma mère est morte quand j'avais un an. Voilà. Ce n'est pas un secret ni même un drame dans ma vie, donc pas besoin de rameuter des spécialistes pour comprendre ce qui ne tourne pas rond chez moi. Comme si un seul événement pouvait expliquer le bordel dans ma tête ! OK, je n'ai pas eu de maman, mais j'ai eu un papa aux yeux d'or. C'est son surnom dans son métier, « les yeux d'or », car il a un don pour dénicher les pépites. Mon père est archéologue. Il creuse la terre pour trouver de vieux trucs, ses découvertes sont parfois dans les livres d'histoire, mais personne ne le reconnaît dans la rue.

Quand j'étais enfant, pendant les vacances, il m'emmenait sur ses sites de fouilles à l'étranger.

Il mettait son chapeau d'aventurier, sa veste en cuir et on partait au bout du monde. J'ai eu la meilleure enfance possible vu les circonstances.

«J'ai eu». Car, désormais, mon père est devenu mon enfer. On s'adorait, et maintenant, on se déteste. Il me prend la tête pour tout et n'importe quoi: «Alex, range ta chambre; fais tes devoirs; arrête de te goinfrer; lâche ce téléphone!» Je ne supporte plus sa voix, ni sa présence. Bref, je n'ai même pas envie d'expliquer pourquoi, parce qu'il n'y a rien à dire, à part que j'ai grandi, c'est tout.

Selon lui, c'est le NƎB qui nous a éloignés.

Moi, je sais que c'est faux.

Le NƎB, j'ai plongé dedans parce que je me sentais déjà mal. J'ai cliqué désespérément sur le lien d'inscription du jeu comme j'aurais pu monter dans un train pour décamper.

Tout ce que je voulais, c'était fuir le plus loin possible de mon père et du lycée.

Je n'avais jamais joué en ligne auparavant. Je n'étais pas dans le clan des geeks. Au collège, j'avais toujours les meilleures notes, puis j'ai commencé à m'ennuyer. Depuis que je suis au lycée, ma moyenne ne fait que baisser, jusqu'à dégringoler cette année. Aucun cours ne m'intéresse. J'ai juste envie de dessiner sur mon carnet, mais les profs et mon père ne me laissent jamais en paix.

Bon, je rembobine le film pour essayer de comprendre comment j'ai foncé droit dans le piège. L'emprise a commencé dès ma première connexion, j'imagine. Je me souviens très bien, c'est un type de ma classe qui me parle du jeu pour la première fois, un vendredi de février où je traîne devant le lycée en me demandant où je pourrais bien fuguer.

– J'ai découvert un jeu de ouf!

Double J agite son téléphone devant moi comme s'il détenait la clé du paradis.

– Vas-y, fais voir.

Mais il retire son téléphone chaque fois que je tente de l'attraper.

– Tu peux pas entrer comme ça ! Faut que je te parraine.

C'est le dernier truc à la mode : parrainer quelqu'un pour qu'il puisse entrer là où il n'a jamais pensé aller, jusqu'à ce qu'on lui interdise l'entrée sans avoir été parrainé et qu'il se mette à vouloir y entrer à tout prix. Ça pue l'arnaque, quoi. Au moment où je fais mine de partir, j'entends une notification sonore sur mon portable.

> BrotherJack vous invite à rejoindre son réseau sur le **NƎB**.

– Frère Jacques, sérieux ? je le charrie, en me retournant furtivement vers lui.

– Tu me remercieras, un jour, quand tu seras mondialement célèbre. Tu te souviendras, hein, que c'est moi qui t'ai parrainé ? Avec tes pouvoirs magiques, tu vas tout déchirer.

Pour cet imbécile de Double J (pour Jules-

Jackson, y a vraiment des parents qui cochent direct la case harcèlement), mes capacités intellectuelles élevées relèvent de la magie. Cela lui semble incroyable de pouvoir réfléchir aussi vite que moi.

– Ton cerveau n'est pas normal, j'te jure. Tu devrais faire leur test, là, pour savoir si t'es HP.

– HPI.

– Ouais, c'est pareil.

Il me fait marrer, Double J. Il a peut-être raison, après tout. Hôpital psychiatrique ou haut potentiel intellectuel, ça revient au même ; on finit en cage. Alors je n'ai jamais voulu faire aucun test ni sauter une classe. Ça inquiète mon père, il pense que je vais gâcher ma vie. Quant aux profs, ils noircissent mes bulletins de commentaires dépités, du genre : « Potentiel inexploité », « Des capacités, mais aucun effort », « Ferait mieux de réviser au lieu de gribouiller », etc.

Pour supporter leurs critiques, je m'amuse à me dédoubler. J'accélère mes gestes ou, au contraire, je ralentis nettement la cadence.

– Alex, arrête de t'agiter comme ça ! s'énervent les profs.

– Hé oh, t'es là ou pas ? s'agace mon père en

claquant des doigts devant mon visage pour réveiller le mollusque avachi sur son canapé.

Éteintes ou hyperactives, mes mi-temps les rendent dingues. Moi, ça m'amuse un moment, puis je replonge dans le noir.

Rien n'illumine mes journées.

Mais ce mot, N∃B, il m'accroche direct.

De retour du lycée, j'ouvre la porte d'entrée tout en regardant mon portable. Je suis sur le point de cliquer sur le lien que Double J m'a envoyé, quand je me retrouve nez à nez avec mon père, rentré plus tôt de son travail. Il s'énerve dès que je suis sur mon téléphone, alors je planque mon portable dans ma poche.

La routine commence : je dois faire mes devoirs, mettre la table puis manger en tête-à-tête avec mon père. Après le dîner, je regarde trois épisodes d'une série sur un tueur psychotique terriblement attachant, puis je me souviens de l'invitation de Double J et je clique enfin sur le lien.

Pour participer au jeu, il faut d'abord indiquer mon sexe. Je coche la case « je ne sais pas » qui signifie, je suppose, « non genré », à moins que le concepteur du formulaire soit vraiment demeuré (normal, il doit passer son temps devant l'écran).

Sexe : JE NE SAIS PAS
Nom : POURQUOI
Prénom : PAS
Pseudo : ALEX

Je suis sur le point de valider mon inscription quand mon père frappe trois coups à la porte de ma chambre.

– Alex, il est tard, tu éteins maintenant ! Tu m'entends ? Tu ouvres ?

J'ai oublié de placer le boudin pour masquer le rai de lumière sous ma porte. Un destin fauché à cause d'un boudin, la misère.

– Tu réponds ? gémit mon père. À trois, j'entre, je te préviens. 1, 2…

– Ça va, c'est bon ! J'étais en train de terminer ma dissert. Tu veux que je me tape la honte à mon cours de français ou quoi ?

– Je t'ai déjà dit cent fois de parler correctement. Comment pourrais-tu dire « me taper la honte » dans un langage soutenu ?

– Oh non, la prise de tête, j'y crois pas !

La voix grave s'emporte de l'autre côté de la porte.

– Alex, soigne ton langage, merde !

Ah, ah, j'adore mon père. Un modèle à suivre, y a pas à dire.

Donc j'ouvre la porte et je fais mine de me coucher. Simuler m'a souvent sauvé de la folie.

À minuit quinze, je rallume mon téléphone sous ma couette. J'ai trop envie de savoir à quoi ressemble le N∃B.

Quand je valide mon inscription au jeu, une tache rouge éclabousse l'écran. Je sursaute ! La tache grossit peu à peu et commence à se fendre, on dirait la gueule d'un monstre. Je n'arrive pas à détacher mes yeux de cette forme effrayante. Un mouvement de zoom s'enclenche, j'ai l'impression de pénétrer à l'intérieur d'un tube sombre. Au bout du tunnel, l'image initiale – la tache rouge dégoulinante – macule de nouveau l'écran et les lettres N∃B se forment en blanc à l'intérieur, telle la signature d'un assassin inscrite dans la mare de sang de sa victime. C'est le logo du jeu. Glauque, mais efficace.

Un mot se met à clignoter sur l'écran.

# AVATAR
AVATAR
AVATAR
AVATAR
AVATAR
AVATAR

Je clique.

Une interface graphique me permet alors de créer moi-même mon avatar en sélectionnant ses caractéristiques (formes, couleurs, accessoires). Je peux tester chaque détail, l'annuler, recommencer, et mon avatar s'actualise à chacun de mes choix. J'adore !

Je choisis des lèvres charnues, un nez discret, des joues creusées, tout le contraire de moi. Je dessine une cicatrice sur mon sourcil droit pour ajouter une touche rebelle, genre « Faites gaffe, je peux me battre si on me cherche ! Y a qu'à regarder ma blessure de guerre ». Et puis, je délire en sélectionnant des oreilles d'elfe.

Un nuage de mots se met ensuite à flotter sur l'écran.

**ARGENT**

ABRI

AIDE

AMITIÉ

AMOUR

AIR

BEAUTÉ

BISOUS

BRILLER

BUT

BONHEUR

CALME

CHALEUR

CRÉATIVITÉ

COMPAGNIE

CONFIANCE

CONFIDENTIALITÉ

DISCRÉTION

DOUCEUR

DÉLICATESSE

DISCIPLINE

DISTRACTION

ESPOIR

EAU

EMPLOI

EXCUSE

ENTHOUSIASME

FÊTE

EXPÉRIENCE

FRAÎCHEUR

FIDÉLITÉ

FORTUNE

GÉNÉROSITÉ

GOÛTER

GAIETÉ

HUMOUR

**GLOIRE**

GUÉRISON

HONNÊTETÉ

HARMONIE

HONNEUR

**CLIQUE SUR LES MOTS QUI T'ATTIRENT! CLIQUE**

INDÉPENDANCE

INTIMITÉ

INSPIRATION

IDÉAL

INTELLIGENCE

JOIE

**JEU**

JUSTICE

LIBERTÉ

LOGEMENT

LÂCHER-PRISE

LIMITE

MOUVEMENT

LUMIÈRE

MANGER

NAISSANCE

MAÎTRISE

NOURRITURE

ORDRE

OUVERTURE

OBÉISSANCE

PARTAGE

PAIX

PROTECTION

POUVOIR

PASSION

**PÈRE**

PERMISSION

PLACE

PROMESSE

PLEURER

QUITTER

RESPECT

REPOS

REPÈRE

RELAXATION

RÉCONFORT

SOUTIEN

RECEVOIR

SÉCURITÉ

SILENCE

**SUR LES MOTS QUI T'ATTIRENT ! CLIQUE SUR LES**

C'est la première fois qu'un jeu me demande un truc pareil.

Je sélectionne les mots sans trop réfléchir.

Et soudain…

Tu ne t'aimes pas, Alex?

Sans me laisser la possibilité de répondre, le formulaire continue.

Connais-tu la pyramide de Maslow?

Le psychologue Abraham Maslow a classé les besoins fondamentaux de l'être humain selon une pyramide à cinq niveaux.

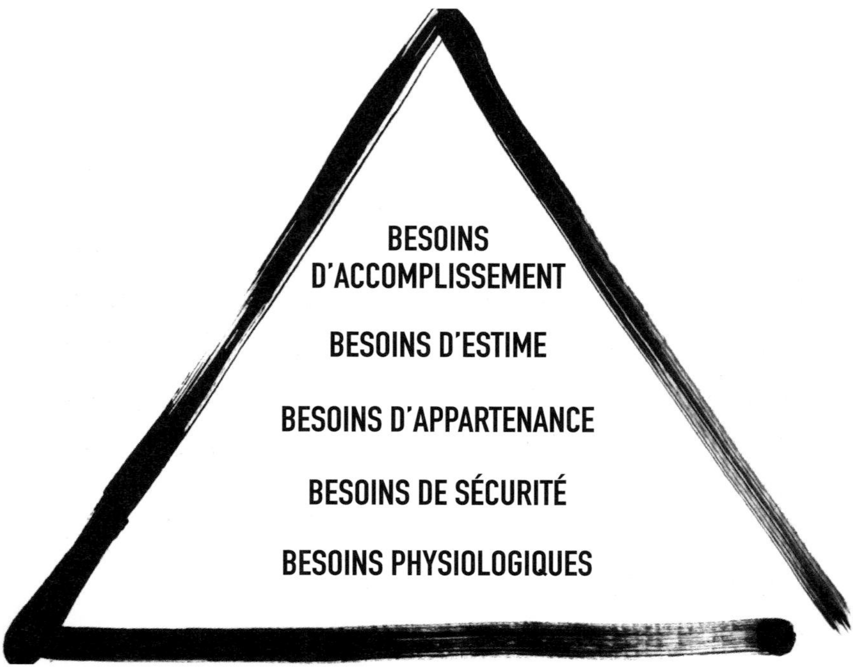

Chacun des 10 mots que tu as sélectionnés correspond à un besoin. Regarde :

AIR – besoin physiologique
BEAUTÉ – besoin d'estime
BRILLER – besoin d'estime
CONFIANCE – besoin de sécurité
DISTRACTION – besoin d'appartenance
ESPOIR – besoin d'accomplissement
GLOIRE – besoin d'estime
JEU – besoin d'appartenance
LIBERTÉ – besoin de sécurité
POUVOIR – besoin de sécurité ou d'estime

Tu vois, tu souffres particulièrement d'un manque de confiance en toi. Gagner le **NƎB** pourra-t-il compenser cette fragilité ?

À toi de bien choisir ton avatar !

Bien sûr que je connais *La pyramide des besoins humains* ! Tout le monde regardait cette émission de téléréalité il y a quelques années, je venais d'entrer au collège. Pourquoi le jeu en parle ? Ça m'agace qu'un inconnu (est-ce vraiment un robot ?) me juge en deux clics.

Pour finaliser ton avatar, tu dois maintenant réduire ta liste à un seul besoin pour chaque catégorie.

C'est n'importe quoi… Mais je veux en finir au plus vite, alors je choisis les cinq mots qui m'attirent le plus.

Bravo, Alex ! Voici ta pyramide des besoins :

La photo de mon avatar se trouve à côté de la pyramide. Coupe de cheveux plutôt cool, ébouriffée. Des yeux malins qui regardent bien en face, du genre « je n'ai pas peur », mais avec un petit air sur la défensive quand même pour montrer que j'ai plein de trucs à cacher. Ouais, un avatar stylé et mystérieux, ça me plaît.

Sauf que le questionnaire n'est pas terminé.

Alex, on a tous des failles dans la vie, tu ne crois pas ? Clique sur ton avatar pour découvrir quelles sont les siennes (ou les tiennes, va savoir).

Un seul détail a été ajouté sur mon avatar : ses bras sont désormais parcourus de veines rouges. Berk ! J'ai choisi toutes les caractéristiques physiques qui me plaisent et le jeu m'impose cette contrainte ridicule. On ne voit plus que ça.

Tu peux faire une dernière modification avant de valider ton avatar. Veux-tu changer ses vêtements ?

Bien sûr ! C'est trop la honte, ces veines dégueu. Je remplace le t-shirt par un sweat pour masquer les veines apparentes sur les bras. Et la partie peut enfin commencer.

START
START
START
START
START
START
START
START

Voilà.
Je n'ai qu'à cliquer pour qu'un nouveau monde s'ouvre à moi.
Pas de réveil stressant,
de marche dans le froid,
de retard,
de moquerie,
de devoirs,
de père sur mon dos.
Alors, d'un geste brusque, je clique encore.

Vous êtes actuellement 102783 avatars
connectés à travers le monde.

Il est minuit et demi.
Mon père dort.
Et moi, je plonge dans le N∃B.

La première partie du jeu consiste à tuer le plus grand nombre d'avatars et à survivre en échappant aux tirs meurtriers des autres participants. Un joueur touché dix fois est éliminé. Chaque avatar se trouve dans un objet volant, une sorte de capsule vitrée, et doit lancer sur ses concurrents des « ketchup balls » (sortes de petites boules gorgées de jus rouge qui explosent en touchant une cible) pour les évincer.

Le premier tir m'atteint cinq secondes après que j'ai commencé le jeu. Un avatar avec une perruque rousse frisée me dégomme. Sans sommation. Sans chercher à me connaître. Pan ! La ketchup ball macule le pare-brise, je perds le contrôle de ma capsule.

**1 / 10**

J'évite de justesse le crash en atterrissant sur un terrain vague. Il n'y a aucune terre cultivée, pas de parc, pas de trottoir. On dirait un sol de cratère où aucune vie ne se serait jamais développée. Des buildings strient l'horizon, gratte-ciel aux vitres fumées à perte de vue, jamais je n'ai vu des bâtiments aussi hauts, même en photo, même dans des films sur New York ou Hongkong.

Des capsules voltigent entre les tours. Quand un véhicule s'approche de moi, l'avatar du conducteur surgit dans un pop-up. On ne peut pas communiquer, ni par la parole ni par écrit. On dispose d'une demi-seconde pour se jauger et pour tirer, ou pas. Délit de sale gueule, quoi. J'ai bien fait de ne pas avoir choisi un avatar arabe, noir ou féminin.

Je suis Alex aux cheveux d'argent et ça a l'air de passer plutôt bien auprès des autres joueurs. Je suis surtout sacrément rapide! Au bout d'une heure de jeu, j'ai déjà compris toutes les techniques pour esquiver le danger, le doigté à avoir pour manipuler la capsule, la pression à effectuer pour tirer le plus vite.

J'échappe à tous les pièges. « Grâce à tes pouvoirs magiques », me dit Double J le lendemain, alors qu'il a été éliminé au bout d'une journée. Nous sommes seulement une poignée d'élèves à connaître l'existence du **NƎB**. Et je suis l'unique avatar du lycée encore en lice à la fin de la première semaine.

Sur mon carnet, je noircis des feuilles blanches pour chasser mes idées noires. Ce n'est pas le meilleur moyen de se faire des amis, et les déménagements incessants pour le travail de mon père ne m'ont pas facilité la tâche, je n'ai jamais réussi à m'intégrer quelque part. Entrer dans une classe où je ne connais aucun élève, j'ai l'habitude, mais c'est toujours aussi désagréable. Je baisse la tête, je mets ma capuche, je sors mon carnet et je m'isole pour dessiner.

J'intrigue les autres, jusqu'à ce qu'ils se lassent de me tourner autour pour rien, car je ne montre jamais mes dessins. Tant que je garde mon imaginaire secret, j'ai l'impression que mon monde ne va pas s'effondrer. Pas encore… Ça m'inquiète de plus en plus, ce qui pourrait surgir de mon carnet. Depuis quelque temps, les ombres envahissent les pages. C'est plus fort que moi, je n'ai plus envie de colorier, seul le noir m'attire.

Le N∃B, ça me change les idées. Je ne dois pas réfléchir pour être de plus en plus rapide et éviter les tirs. Les mêmes actions se répètent : voler, jauger, tirer, fuir. Mon doigt glisse, clique, sue, je serre les dents et je crie parfois tout haut quand un tir m'effleure. Je joue avec un casque pour mettre la musique du jeu à son volume maximal, cela me stimule.

Je suis un excellent soldat, l'un des meilleurs scores de ce premier niveau. Je suis Alex aux cheveux d'argent, sans foi ni sang, car j'évite tous les tirs.

Je me sens vide quand j'arrête de jouer. Je n'ai plus d'énergie pour dessiner. Mes paupières sont lourdes, mes yeux secs, je mouille un gant de toilette pour rafraîchir mon front, mais j'ai intérêt à ce que mon père ne me voie pas.

– Qu'est-ce que je t'avais dit, hein ? Tu vois que ce jeu t'abrutit !

Il s'empresse d'aller me chercher une aspirine pour valider son diagnostic. Je me relève illico et je vais mettre la table pour montrer que tout va bien. Je ne veux surtout pas que mon père m'interdise de jouer.

Ma mère est morte dans un accident de voiture alors que je me trouvais dans un siège bébé, sur la banquette arrière. Je n'ai gardé aucune séquelle physique ni aucun souvenir du drame. Pendant longtemps, j'ai même cru que rien ne s'était produit. Je vivais uniquement avec mon père et c'était tout ce que je connaissais, je n'éprouvais pas de manque et je n'ai développé aucun symptôme particulier. Du moins jusqu'à la fin du collège…

Bizarrement, vers le milieu de la troisième, j'ai commencé à étouffer dans des endroits clos. L'anxiété se manifestait surtout quand je devais me déplacer, et l'angoisse n'a cessé de s'accentuer. Ce n'est pas le mouvement qui me pose problème, mais le mode de transport. Si je suis à l'air libre et que je peux à tout moment changer de direction ou sortir, ça va. Sinon des sueurs trempent mon corps et j'ai l'impression d'étouffer dans un cercueil.

Je peux me déplacer à pied, à trottinette, à vélo. Mais pas à l'intérieur de quelque chose. Je panique si je me trouve dans un ascenseur, dans un métro, dans un train ou dans un avion.

Enfant, je voyageais sans problème avec mon père. Il me montrait la terre vue du ciel, à travers le hublot, on se tenait la main pendant le décollage et on applaudissait à chaque atterrissage.

Maintenant, à l'idée de prendre l'avion ou de me retrouver dans un espace fermé, je tremble comme un bébé. Alors je refuse toutes les sorties scolaires, les invitations des autres élèves. Depuis le lycée et notre déménagement en région parisienne, c'est de pire en pire, et je veux juste qu'on me laisse dessiner tranquille.

C'est donc surprenant, pour moi, de ne pas étouffer dans la capsule. C'est la première fois depuis longtemps que je me sens libre à l'intérieur d'un objet.

Dans le NƎB, il n'y a pas de sonnerie,
de comptes à rendre,
d'explication à comprendre,
d'interdiction.
Rien ne fait obstacle.

C'est un sentiment jubilatoire de voler à toute

vitesse entre ces gratte-ciel immenses. Je suis minuscule dans le NΞB, mais je peux aller partout : planer au-dessus de la plus grande des tours, observer la mégapole du ciel, trouer les nuages, redescendre en vol piqué avec un haut-le-cœur comme si j'étais sur une montagne russe. Ma capsule peut s'écraser, je peux me faire tirer dessus, mais je ne risque pas de mourir. Mon avatar est immortel, et c'est puissant comme sensation.

Je joue tous les jours, dès que j'ai un moment, même si c'est juste quelques minutes : le matin avant d'aller en cours, à la récré, à la cantine, en fin de journée quand je rentre à la maison, le soir avant de me coucher. Parfois, je me réveille même la nuit pour faire une partie. « Je suis Alex aux cheveux d'argent, allez, démarre ! » je me répète nerveusement quand le logo du jeu met plus de temps à s'afficher.

Au bout de trois semaines de jeu, un barbu en kilt fait mine de vouloir faire copain-copain avec moi, sans me viser lorsqu'il s'approche de ma capsule. Je détends mes doigts quelques secondes. Puis le gars me tire lâchement dessus.

**2 / 10**

Alors, quand un autre avatar me fait un clin d'œil, je tire direct. Le gars balèze (une armoire à glace qui doit se nourrir de protéines en poudre) esquive joliment mon tir en effectuant un looping avec sa capsule. Ça m'impressionne. J'applaudis. Le type refait un clin d'œil sans me tirer dessus et BULLDOZER devient mon premier et seul ami dans le N∃B.

– Alex, à table !

Impossible de jouer tranquille, mon père m'interrompt tout le temps. À chaque repas, on ne parle plus que de ça.

– Tu étais encore en train de jouer ? Ce jeu va te rendre complètement accro ! Ce week-end, je te préviens, tu vas bouger.

Mon père planifie des promenades en forêt, des visites dans des musées ou des jardins botaniques. Lui, la moindre antiquité ou graine l'intéresse. Moi, ça ne m'amuse plus du tout de chercher un trésor dans la terre avec la petite pelle dorée qu'il m'avait offerte quand j'étais enfant.

Mon père me reproche sans cesse de jouer à ce jeu « violent et sans intérêt ». Il ne comprend pas que je passe mon temps sur mon téléphone, il préférerait que je trouve une activité d'extérieur plus physique et sociale. Le « terrain » lui manque depuis qu'il coordonne un institut de recherche à Paris. Mais c'est son problème, pas le mien. Je n'arrive pas à lui expliquer pourquoi j'aime tant le NƎB. Quand je ne peux pas me connecter, mes doigts s'agitent, je pianote sur la table, je sens qu'il me manque quelque chose. Je m'ennuie. C'est juste un divertissement, si ça me fait plaisir d'y jouer, c'est quoi le problème ? Mon loisir est un jeu vidéo, j'y joue réellement, et je sais pertinemment faire la part des choses entre ce que je vois à l'écran et ce qui se déroule dans la rue. Je ne vais pas me mettre à jeter des tomates sur les passants !

« Tu vas t'abîmer les yeux, avoir des migraines, tu n'arriveras plus à te concentrer en classe », me serine mon père comme si je dérivais sur un bateau pneumatique qu'il ne parvenait pas à retenir et qui finirait par crever en pleine mer.

Alors je commence à jouer en secret.

ALEX
MOI
2 naissance
2 NOVEMBRE
sûrement un jour froid...
16:47
mer. 15 fev.
_Jouer à NEB
_MANGER
A+?=
LOVE

MAMAN
MAMAN
MAMAN
MAMAN
papa et moi
LOST
LES AUTRES
Séries à voir...
- La casa de papel
- sex education
- squid game NON.
Musique
Revolution will not be Televised
Gil Scott-Heron
Tombé du nid
L'OBJET qui me suit partout

Au bout d'un mois, un message d'alerte met fin à la première phase du jeu. Sur les 400 000 joueurs, il n'y a plus que 54 455 survivants.

Un algorithme calcule le nombre de tirs évités par tous les avatars restants, le nombre de tirs gagnants dès le premier coup, le ratio avec le temps de connexion, etc., et détermine les cent avatars qui pourront continuer à jouer au deuxième niveau.

Le jeu commence à devenir populaire à ce moment-là, lorsqu'une vidéo de quelques secondes dévoile sur les réseaux sociaux les avatars sélectionnés.

– J'hallucine… Alex, t'es dans le World Top 100 du N∃B !

Double J est dans tous ses états. Je fais partie des cent meilleurs joueurs au monde ! Je n'en reviens pas moi-même d'être à la 77e place. Inutile de préciser que mon père ne débouche pas le champagne…

Le deuxième niveau du jeu consiste à divertir les spectateurs en créant des interactions avec les autres joueurs. Je peux toujours voler dans ma capsule entre les tours lézardées de néons, mais sans le stress de me faire tirer dessus. Quand on croise un autre avatar, on peut décider de : *Dialoguer avec lui* ✓ ou de l'*Ignorer* ✕ Quel que soit notre choix, on ne perd pas de point, mais on n'en gagne pas non plus. Je mets un peu de temps à comprendre que c'est le nombre de spectateurs et leurs réactions qui font monter notre score. Ce n'est pas dit explicitement, il faut se renseigner sur les forums dédiés au N∃B, car l'algorithme du jeu n'a pas été révélé.

Pour savoir si on veut engager le dialogue, on ne voit du joueur que son avatar, mais c'est déjà mieux que le tir sans sommation. Mon père rit jaune.

– Ah, bravo, c'est vraiment intelligent, ça ! Alors tu vas juger les autres uniquement sur leur apparence ?

Comme si ce n'était pas le cas dans la vie et que mon père s'arrêtait pour discuter avec un enfant ou un SDF… Tu parles, mon père ne fréquente que des gens comme lui, de sa génération et de la même classe sociale, passionnés par les vieilles pierres et les voyages.

Quand il essaie de s'intéresser au jeu, c'est encore plus pathétique.

– Qu'est-ce qui te donne envie de dialoguer avec un avatar ?

– Chépas.

– Et comment tu fais pour discuter avec des joueurs étrangers ?

– C'est automatique.

– Comment ça ?

Je dois alors poser ma capsule dans un coin paumé, là où je ne risque pas de croiser un autre joueur, le temps de répondre à ses questions débiles sans arrêter la partie. Chaque fois que je me déconnecte, je perds des points.

– La commande vocale traduit automatiquement dans la langue de chaque joueur et les mots s'inscrivent dans une bulle, à côté de la tête de son avatar. Ça va, t'es content ? D'autres questions ou je peux jouer tranquille ?

– Alex, parle correctement, sinon c'est la caisse !

La caisse, c'est la dernière invention miteuse de mon père. Quand il estime que j'ai passé trop de temps sur mon téléphone, je dois le déposer dans un carton, dans l'entrée, et je n'ai pas le droit d'y toucher avant le lendemain.

Heureusement que j'ai le **N∃B** pour vibrer. Entre les cours déprimants, les moqueries des élèves sur mon carnet secret, ma peur des lieux clos, la pression de mon père et des profs, c'est le seul espace où j'ai l'impression d'exister.

Chaque jour, des surprises pimentent le jeu. D'abord, le décor se modifie désormais en fonction de la nationalité des avatars. Si je croise un Mexicain, les tours s'effondrent et je me retrouve dans un désert parsemé de cactus. Un Thaïlandais, et une crique de rêve se dessine sous mes yeux. Pour moi, bien sûr, la tour Eiffel émerge dans le ciel, mais aussi des boulangeries et des brasseries typiquement parisiennes. C'est excitant de découvrir un nouveau paysage pour chaque avatar.

La météo aussi évolue au deuxième niveau. Terminée, la nuit pluvieuse. Plein soleil, soleil couchant, soleil rasant, brume rosâtre ou nuages noirs, ciel printanier, arc-en-ciel, je ne sais jamais à quoi m'attendre.

Ma première discussion dure quatre secondes.

– Salut !

– Bye…

Un seul mot, puis la dame centenaire avec une crête punk m'ignore. C'est la honte de se faire jeter par une mamie. Enfin, c'est peut-être un gosse qui joue ou un sale type, impossible de savoir qui se cache derrière chaque avatar.

Ma deuxième discussion dure dix minutes. Une fille en bikini s'arrête près de moi et engage la conversation. Au début, c'est tranquille, mon âge, mon pays, mes loisirs, et puis elle pose des questions de plus en plus personnelles sur mes goûts, euh, enfin sexuels, quoi. Je n'ai pas encore compris qu'on ne perd pas de points en ignorant l'autre et qu'on n'en gagne pas non plus en dialoguant longtemps, alors je me force à répondre et… Je préfère oublier.

Des « ballons surprises » tombent du ciel à partir de la deuxième semaine du deuxième niveau (la sixième semaine du jeu, donc, après je perdrai la notion du temps). Ça me fait penser aux parachutes de *Hunger Games*, et j'espère recevoir un bonus ou un truc dans le genre, mais ils ne sont destinés qu'aux spectateurs. Le premier qui clique dessus remporte le lot affiché sur le ballon. Il y a des tablettes, des smartphones, des ordinateurs à gagner. Parfois des séjours dans un palace partenaire. Personne ne sait à quel moment apparaîtront les prochains « ballons surprises », alors ceux qui restent le plus longtemps connectés ont le plus de chance de toucher un lot.

L'audience du jeu grandit.

Il y a des montgolfières aussi. Là, c'est beaucoup plus rare. Par exemple, un groupe de rock hyper

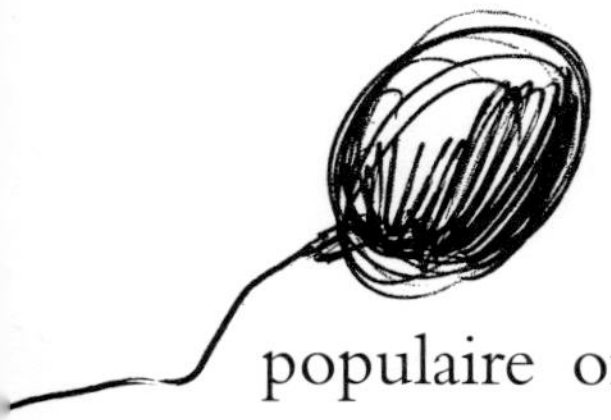

populaire offre dix places VIP pour son dernier show. Le jeu l'annonce la veille du concert :

Une montgolfière survolera le N∃B demain entre 8 heures et 20 heures.
Qui montera à bord ? ← Moi ! ALEX

2,5 millions de spectateurs restent connectés toute la journée en espérant apercevoir la montgolfière. Elle se pointe à 19 h 55. Personne ne sait si elle est apparue sur tous les écrans ou non. Les tickets VIP ont été attribués, en tout cas, car les photos des dix gagnants assistant au concert sont diffusées en « alerte flash » sur les interfaces spectateurs.

J'ai l'interface avatar, moi. Je vois passer les « ballons surprises » et les montgolfières sans pouvoir cliquer dessus. Je dois me focaliser sur la partie. Mais ce n'est pas évident, car les spectateurs peuvent interagir dans les discussions entre deux avatars. Ils peuvent liker et utiliser une centaine d'émoticônes pour évaluer le dialogue. Les pouces, les cœurs, les moues sceptiques ou endormies envahissent l'écran.

Heureusement, on peut paramétrer l'interface pour contenir les réactions dans un bloc latéral, ce que je fais pour ne pas perdre ma concentration. Mais mon père continue de me pourrir la vie.

– Alex, à table ! Si tu ne lâches pas ce portable dans dix secondes, c'est la caisse. 1, 2…

Chaque fois que je dois me déconnecter, je lui en veux à mort.

Des millions de gens assistent au jeu en direct. Les concepteurs du NƎB communiquent en temps réel sur le nombre de spectateurs. Un décompte s'affiche en haut à droite de l'interface, et chaque internaute peut faire défiler l'écran pour suivre tous les avatars, c'est sans fin, il y a toujours un avatar connecté, puis un autre, et un dialogue à capter.

Les observateurs s'aperçoivent très vite que les conversations cordiales (*Salut, comment ça va ? T'as vu, il fait beau aujourd'hui ! Tu fais quoi dans la vie ?*) n'intéressent personne. Ce qui fait bondir l'audience, ce sont les clashs ou les secrets, car il est beaucoup plus facile de choquer que de faire réfléchir. Les confessions intimes et les prises de position extrêmes s'accentuent.

Si un avatar interpelle un autre avatar sur la crise climatique (*Comment réduire la pollution et prendre soin de la planète ?*) et qu'un débat de fond s'engage entre eux, cela génère très peu de réactions. À l'inverse, les propos chocs cartonnent, comme ce jour où je navigue tranquille dans ma capsule et qu'une bulle de dialogue s'ouvre subitement à côté de moi.

– Les écolos, faudrait tous les flinguer !

– Euh… Pardon ?

Je m'aperçois que l'appel au meurtre ne m'est pas adressé, le gars propret à lunettes interpelle en fait l'avatar d'une fille qui porte un t-shirt « Sauvons les baleines ». Les spectateurs s'arrêtent en masse pour voir comment la fille va réagir. Si elle choisit d'ignorer le bourrin, les spectateurs repartiront déçus et personne ne gagnera de point. Alors elle répond :

– Je t'emmerde, enculé ! T'as vu ta tronche de cake ? C'est elle qu'il faudrait faire disparaître.

Alors là, tous les pouces se lèvent, des mains émojis applaudissent. Et les scores des deux avatars explosent. Qu'importe le type de commentaires, si ce sont des émojis de joie ou de colère, chaque réaction a la même valeur. Tous les joueurs intègrent donc peu à peu l'idée qu'il faut provoquer une réaction, n'importe laquelle.

La joueuse SANDRA22, avec l'avatar d'une jeune femme au crâne rasé, révèle jouer à l'hôpital durant ses séances de chimiothérapie pour traiter son cancer du sein. Elle communique à n'importe quel joueur ses derniers résultats d'analyse : plus ils sont mauvais, plus cela génère des émojis 😔 😳 😥 et des prières.

Quant au joueur XINBBB, à l'avatar de cosmonaute, il se fait repérer en refusant tout dialogue avec une concurrente féminine. Il tient des propos du style « Avec #metoo, on vous a assez entendues, les filles. On peut passer à autre chose ? » Il est très suivi par une communauté qui abuse de l'émoji 😝 dès qu'un avatar féminin s'exprime.

Je ne suis pas le genre à provoquer quelqu'un avec des opinions tranchées et je n'ai aucune répartie. Autant dire qu'à ce stade mon avatar risque d'être bientôt éliminé… Ce jeu n'est pas fait pour moi, je le sens. Mais c'est devenu un réflexe. Et puis, c'est gratuit. Je me connecte dès que j'ai un moment en me promettant d'arrêter le jour où j'aurai un truc vraiment important à faire. Après l'écran, d'accord, je me sens mal. Mais sans écran, je me sens encore plus mal. Ça rend dingue mon père, il ne sait plus quoi faire pour me forcer à me déconnecter.

– Encore ! s'énerve-t-il en m'apercevant sur mon téléphone.

Je ne supporte plus ce mot.

Quand je l'entends, j'ai encore plus envie de m'enfoncer dans le NƎB.

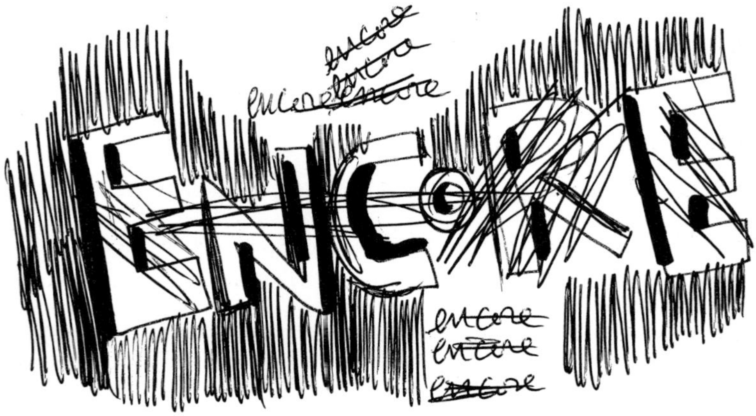

Quand je ne joue pas, c'est troublant de me retrouver dans un décor à la lumière du jour sans gratte-ciel ni capsule ni émojis. Personne ne me prend dans ses bras pour me féliciter d'avoir atteint le deuxième niveau. Personne n'applaudit en me croisant dans la rue. Personne ne mesure l'intensité de ma vie virtuelle et cela me laisse vide, comme si j'évoluais dans un autre monde.

Je viens d'une planète inconnue, le NƎB, et je dois supporter les journées au lycée en solitaire, loin des autres, car je suis le seul avatar français encore en lice.

Je dois faire semblant d'être l'enfant de mon père

et de manger
et de me laver
et de faire mes devoirs
et de me coucher.

Mon corps refuse de m'aimer.

Mon cerveau refuse de dormir.

Alors j'allume mon téléphone et sa lumière bleue vient me sauver, c'est une fusée qui se pose sur cette terre hostile pour me récupérer. Je pénètre dans l'engin lumineux, le décollage me rend euphorique, et c'est parti pour une nouvelle partie !

Tout se répète. Les avatars croisés, ignorés, les néons parcourus à cent à l'heure. Je joue dans un décor infini. Je joue, oui, sans cesse. Avec BULLDOZER, on s'amuse à faire des loopings entre des immeubles désaffectés. À part lui, aucun autre avatar ne veut discuter avec moi et je ne sais pas comment engager la conversation. Je me sens à côté de la plaque. Même si j'ai fait un super score au premier niveau, j'ai l'impression que je ne pourrai pas aller plus haut, que les règles ne sont pas faites pour moi. Je voudrais jouer, et j'aimerais aussi arrêter la partie, les laisser à leurs clashs et à leurs émojis pourris.

Quand je me déconnecte, c'est plus fort que moi, j'ai envie de rejouer. Je ne suis plus devant l'écran, mais j'y pense encore.

Mes yeux sont rouges, je cligne des paupières et ça pique. C'est une sensation étrange, je ne suis pas malade, mais je vois flou. Comme si j'avais vécu en mode zoom et que tout semblait désormais minuscule, loin. J'ai besoin de revoir des gros plans, des couleurs filtrées, de retrouver le rythme trépidant du jeu où toujours quelque chose attire mon attention. Quand je ne joue pas, tout semble éteint.

J'aimerais me rallumer, appuyer sur play.

En pleine déprime, je suis sur le point de me déconnecter du jeu quand un flash alerte surgit sur l'écran.

CONCOURS FLASH sur 24 heures

1 500 points bonus à gagner !

C'est énorme, 1 500 points ! Cela revient à une cinquantaine de dialogues suivis par des milliers de spectateurs. Si je remporte ce concours, je pourrai me maintenir dans la course.

C'est inespéré.

Que veulent dire les initiales **NƎB** ?

Chaque joueur a une heure pour poster sa réponse. Aux spectateurs de voter pour la meilleure proposition.

Go !

Mon cerveau se met en mode accéléré. Que peut bien signifier le **NƎB** ? N… E… B… Plein de mots me viennent spontanément à l'esprit.

Noix Endives Bananes ?

Né Effacé Barré ?

Non Encore Bof ?

Je note tout ce qui me passe par la tête. Les secondes défilent, je dois me dépêcher, car on a juste une heure pour soumettre notre proposition, mais j'ai compris comment le jeu fonctionne : un algorithme calculera le ratio entre nos points obtenus et la vitesse à laquelle on a répondu. Une minute plus tard, je publie ma réponse :

*Nouvel Espace Bizarre*

J'attends la fin de l'heure fébrilement. J'ai été le premier avatar à proposer un nom et, quand l'heure est écoulée, les spectateurs du monde entier commencent à voter. Les réponses sont traduites dans toutes les langues. C'est trop stressant de devoir patienter ! Après deux heures interminables, les résultats du concours sont enfin proclamés.

1. Name Entertain Become
2. New Essential Brand
3. New Weird Space

Il y a la traduction en français :

1. Nommer divertir devenir
2. Nouvelle marque essentielle
3. Nouvel Espace Bizarre

Ouah ! C'est bien moi ? Oui, c'est moi, c'est ma réponse à la troisième place ! « Tes pouvoirs magiques », dirait Double J…

Avec la traduction en anglais, mon slogan perd les initiales E et B, mais les internautes francophones ont voté en masse pour ma proposition. Je découvre avec excitation celle des autres joueurs arrivés après moi dans le classement.

« Not an Example, Babe ! » (Pas un exemple, bébé !) a raté de peu le podium. C'est une référence à la réplique d'un dialogue qui a buzzé parmi les spectateurs. L'avatar d'une fille se promenait seins nus pour provoquer des réactions, et les ligues de vertu se sont lancées à ses trousses en la pointant du doigt, se donnant le mot pour la troller avec cette phrase.

Une autre réponse obtient pas mal de points dans les pays pauvres : « Not Enough Bread » (Pas assez de pain) pour dénoncer les bénéfices scandaleux que génère le jeu et qui ne sont pas redistribués. La proposition la plus loufoque vient d'un joueur de Liège : « Nonante Et Belge » (ce qui ne veut rien dire, mais certains complotistes cherchent désespérément des références au nombre 90, et ça fait bien marrer les Belges).

Mais c'est mon « Nouvel Espace Bizarre » qui a remporté le plus de suffrages.

J'écope d'un bonus de 1 500 points qui me permet d'accéder in extremis au niveau 3.

Je n'en reviens pas !

Après l'annonce des résultats, le logo sanglant du jeu réapparaît, suivi d'un message :

Bravo aux 50 survivants ! L'heure est venue de découvrir le vrai nom du **NƎB.**

Le logo s'envole d'un battement d'ailes.

Écran noir, puis…

NƎBULA

Change galaxy

Cela me fait un drôle d'effet de voir enfin le vrai nom du jeu.

La traduction s'affiche désormais chaque fois que je me connecte.

Entrez dans la

NƎBULEUSE

– T'es dans le top 50, Alex !

L'enthousiasme de Double J soulève une fierté en moi, j'aimerais exploser de joie en hurlant ma victoire à tout le lycée. C'est la première fois que je sors du lot et j'ai trop envie de continuer, de décrocher la première place sur le podium pour qu'on ne se moque plus de moi quand je sue dans le bus ou que je fuis en panique la classe avec la sensation d'étouffer. Comme je n'ai expliqué à personne ma phobie des lieux clos, mon comportement est tourné en ridicule. Les élèves me prennent pour une poule mouillée, mais ils arrêteraient de ricaner si je gagnais le jeu.

Alors je retourne dans ma bulle pour ne pas perdre ma concentration. Parce qu'on se refait tirer dessus au niveau 3.

Le décor redevient comme au niveau 1 : des tours immenses, la nuit, la pluie. Comme si on avait tourné en rond et qu'on était revenu au point de départ, que tout recommençait sans cesse.

C'est déroutant.

Je dois de nouveau tirer sur les autres pour survivre. Sauf qu'une nouvelle règle me met sur les nerfs : désormais, le joueur qui se déconnecte est éliminé. Cette partie-là doit se jouer en continu ! Il n'y a aucune limite de temps, elle se terminera quand il n'y aura plus qu'un seul survivant.

Il est minuit quand j'atteins le troisième niveau, alors je peux jouer toute la nuit. Au matin, je cache mon téléphone sous mon oreiller, sans me déconnecter, le temps de faire chauffer le thermomètre sous ma lampe de chevet. Je planque ma capsule dans le bâtiment désaffecté de BULLDOZER, qui n'a malheureusement pas atteint le troisième niveau, pour éviter de me faire tirer dessus par d'autres joueurs. Puis je montre à mon père les 39 °C du thermomètre quand il vient me réveiller. Après ma nuit blanche, j'ai vraiment l'air pâle.

– Bizarre, ton front n'est pas si chaud, s'étonne mon père, mais ma mauvaise mine l'incite à refermer la porte de ma chambre pour me laisser dormir.

Je rate les cours et je joue toute la journée. Quand mon père rentre du travail en fin d'après-midi, je cache de nouveau ma capsule le temps d'avaler une soupe dans mon lit, puis je rejoue toute la soirée. J'ai du mal à garder les yeux ouverts. Mais j'en veux encore ! Une nouvelle heure de jeu, et je sais déjà qu'il m'en faudra une autre, après.

Je dois me pincer pour ne pas m'endormir. Je tire mécaniquement sur les autres avatars. Cela fait vingt-quatre heures que je joue en continu, je ressens une douleur dans le dos, entre les deux dernières vertèbres. La dernière côte à escalader… Je tire sur la corde, il faut que je dorme, mais je continue quand même. Je refuse que ça s'arrête.

Allez, je me dis, mon corps va tenir, ma tête va tenir, il faut juste passer la prochaine heure, terminer ce niveau, ensuite ça ira mieux. Je veux gagner à tout prix !

Ma nuque se courbe un peu plus sur mon téléphone, mes yeux sont douloureux, secs, j'ai l'impression d'avoir des grains de sable sous les paupières. Mais c'est plus fort que moi, je dois rester dans la partie. Et ça presse sur mes vertèbres, ça pince, ça cogne, oh, cette douleur dans mon dos !

Je ne suis plus un avatar, mais un esclave. Je porte des pierres imaginaires en déplaçant mon doigt, l'air de rien. Aucun joueur ne peut deviner ma souffrance, et cela me procure une étrange fièvre. Personne ne discerne mes veines rouges sous mon sweat-shirt et j'avance quand même. Je dépasse les autres avatars, malgré ma faille, je progresse dans mon score. Cela m'excite, et cela aurait pu durer une éternité… si mon père n'était pas soudainement rentré dans ma chambre. Il est minuit passé.

– Je rêve… Tu es en train de jouer, là ?

Je balance mon portable sous ma couette, mais mon père a capté. Mes yeux rougis n'y voient plus clair, mon dos hurle.

– J'étais sûr que tu simulais ! Tu n'es pas du tout malade, hein ? Enfin, si… Tu es complètement accro à ce jeu !

Mon père se précipite pour chercher mon téléphone. J'essaie de retenir de toutes mes forces la couette, mais il parvient à la soulever et à s'emparer de mon portable.

– À la caisse !

– NON ! Papa, fais pas ça ! Me déconnecte pas !

Après m'avoir confisqué mon téléphone, mon père me fixe sans rien dire, sous le choc, comme s'il découvrait la face cachée de son enfant. Et ça n'a pas l'air beau à voir.

Il referme la porte et garde avec lui mon portable, sans même le mettre dans la caisse. Je m'effondre en pleurs, puis de sommeil. Au petit matin, mon réveil sonne violemment dans mes oreilles.

Dès que j'ouvre une paupière, je repense immédiatement au N∃B et je me lève en panique pour chercher mon téléphone. Mon père est sous la douche, je fouille sa chambre sans trouver mon portable. La caisse, bien sûr, est vide. Rien non plus dans les autres pièces, je vérifie même les placards de la cuisine et le frigo.

Je me sens salement triste.

Je n'arrive pas à croire que je vais perdre la partie. Abandon forcé. À cause de mon père. Au petit-déjeuner, il m'annonce mon départ imminent, le lendemain, en Angleterre. Il m'a inscrit à un stage de déconnexion numérique pour les vacances de Pâques. Un séjour linguistique et détox au pays de Big Ben qui sonne comme une punition. J'avais vu la publicité dans le courrier.

– Tu récupéreras ton téléphone après ton stage, assène-t-il, avec l'air soulagé de celui qui a enfin tranché.

Mais sa punition, elle ne vaut rien, car j'ai toujours une seule idée en tête : me connecter. Il doit le sentir et ravale son sourire tout en me regardant d'un œil mauvais. Moi aussi, ça m'est pénible qu'il ne parvienne pas à me convaincre de vouloir arrêter de jouer. Comme s'il perdait son pouvoir de père.

Je retourne au lycée avec un trou dans le ventre. C'est le dernier jour avant les vacances, le N∃B me manque horriblement. Double J se précipite vers moi.

– T'as vu ? C'est complètement dingue !

– Ouais, je lui réponds, pensant qu'il fait allusion à ma déconnexion du jeu.

Mais il ne parle pas de ça.

– Écran noir depuis 3 heures du mat' !

– Quoi ?

– Tu te fous de moi ? Tu l'as vu toi-même, non ?

– J'te jure, je ne suis pas au courant, mon père m'a confisqué mon portable, j'ai dû me déconnecter.

Double J laisse échapper un cri.

– Mais tu sais pas, alors ?

– Vas-y, accouche !

– Pour l'écran noir ?

– Mais non ! Quoi ? Vas-y !

– Le jeu a été piraté. Il y a un écran noir depuis cette nuit avec ce message :

**Nous avons pris possession du N∃B.**

**Le cirque est terminé.**

**La vérité sera bientôt dévoilée.**

– Hein ? C’est quoi, ce délire ?

– J’te jure, Alex, c’est vrai. Au début, on a cru que c’était un bug à cause d’une mise à jour ou d’un changement de configuration. Mais non. Regarde !

Double J me tend son téléphone.

– T’es sûr que c’est la bonne interface du jeu ? je l’interroge.

Il se déconnecte de l’interface spectateur pour que je puisse me connecter à l’interface avatar. Toujours le même message.

– La vérité sur quoi ? je demande, l’air complètement déstabilisé.

– Sur les coulisses du jeu, faut croire.

Je ressens une bouffée d’angoisse. Jamais je n’aurais imaginé un truc pareil, que le jeu soit hacké au dernier niveau. C’est hallucinant ! Pendant toute la matinée, les questions se bousculent dans mon cerveau. La partie va-t-elle être annulée ?

PIRATES

Dans les heures qui suivent le piratage du NƎB, tout le monde s'affole. Sur le web, à la télé, sur les réseaux sociaux, on ne parle plus que de ça.

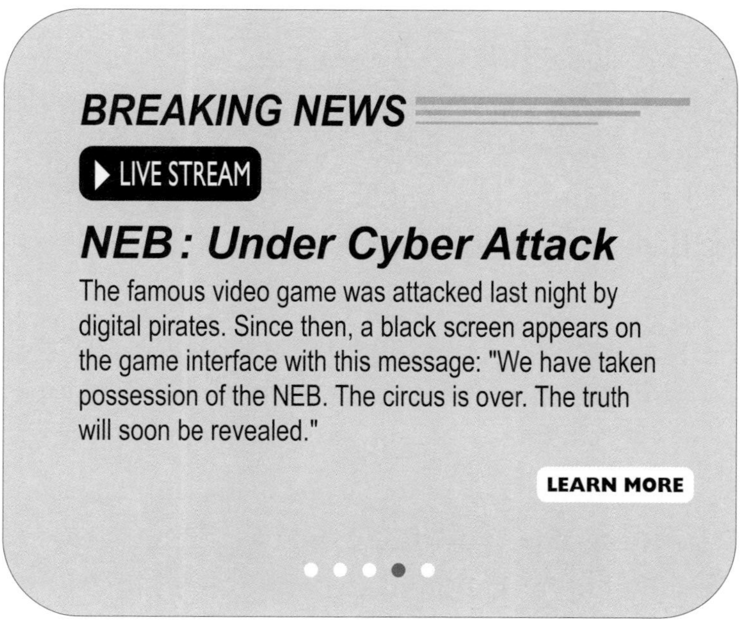

# LE NƎB PIRATÉ CETTE NUIT !

Le célèbre jeu en ligne a été attaqué par des pirates numériques qui proclament :
« LE CIRQUE EST FINI »
Chaque minute, l'écran noir fait perdre aux actionnaires du jeu des milliers de dollars de recettes publicitaires.

## GAME HACKING!

## QUI SONT LES PIRATES ? QUE VEULENT-ILS ?

## LOS HACKERS INTERRUMPEN EL JUEGO

Après les cours, je rentre à la maison dans un état second. Je ressens un vide immense sans mon téléphone. Il me manque un membre, un truc dans le genre. J'étais l'avatar le plus rapide, j'allais gagner ! Oui, j'aurais pu rafler la mise si mon père et des pirates n'avaient pas saboté la partie.

Le communiqué publié par les concepteurs du NƎB en fin d'après-midi décuple ma colère. Après avoir annoncé les opérations techniques en cours pour débloquer l'interface du jeu et leur volonté de poursuivre en justice les hackers, ils révèlent la position de chaque joueur au moment du piratage : je suis quatrième. À une marche du podium, la place la plus ingrate… Seule lueur d'espoir : puisque le jeu a été interrompu, ma déconnexion pourrait ne pas être prise en compte. Vais-je pouvoir terminer la partie ? Sauf qu'à ce stade personne ne sait si le jeu va reprendre ou pas.

J'ai la rage. Puis je pense à ce HUCK★!★ qui est n° 1 de ce classement avorté, à la colère qu'il doit éprouver, lui. Si le jeu n'avait pas été piraté, il aurait été un héros (du moins, pour les initiés au **N∃B**, mais on est quand même plusieurs millions dans le monde). Il aurait décroché le gros lot : la gloire, les dollars, les contrats de pub, les interviews, l'adaptation de son aventure en série, et tout le tintamarre. Sa victoire est virtuelle désormais et, en vrai, je n'aimerais pas être à sa place. N'empêche, son malheur n'atténue pas le mien.

Quand mon père rentre du travail, il refuse de me rendre mon portable. Alors je ne lui adresse plus la parole. On dîne dans un silence de plomb, puis je m'enferme à clé dans ma chambre.

Sans connexion, je n'ai plus d'énergie. Je me sens complètement à plat. Je m'allonge sur mon lit et je dessine quelques croquis ; ça fait longtemps – depuis mon inscription au **N∃B** – que je n'ai pas rouvert mon carnet. Ce n'est pas vraiment un journal intime, parce que je ne parviens pas à expliquer ce que je ressens. J'aimerais bien raconter ma vie, comme toutes ces stars qu'on interviewe ou ces gens qui se confient sur les réseaux sociaux, mais je ne comprends pas moi-même ce qui m'arrive, alors je ne vois pas comment je pourrais révéler quoi que ce soit. Je n'écris rien, je reproduis les formes étranges qui envahissent mes rêves, la nuit, ou bien je fais le portrait des élèves du lycée. Nina, je la dessine souvent, car j'adore son look : de longs cheveux blonds avec une seule mèche bleue, des habits noirs et une paire de baskets bleues. C'est sûr qu'on s'entendrait bien si j'osais aller lui parler. Elle rit tout le temps, même quand elle a de mauvaises notes ou qu'on doit faire trois fois le tour du stade en cours de sport. Elle n'est pas du genre à se dégonfler quand un garçon la prend à partie. Abdel aussi, j'aime bien le dessiner en grand sur toute la page car, au lycée, il se fait tout petit. Il longe les murs depuis qu'il a été harcelé par des terminales, sa bouche se tord légèrement quand il les recroise dans le couloir. On croit que je me fiche de tout parce que j'ai le nez dans mon carnet, mais je vois clair, en fait. Je veux dire, je vois plus clair en dessinant les autres qu'en les observant dans les yeux. Si je ne parle pas au lycée, ça ne veut pas dire que je ne m'intéresse pas. Il y a plein d'élèves qui

m'intriguent, je me demande comment sont leurs parents, leur chambre, ce qu'ils font de leurs week-ends, alors je cherche des infos sur leurs réseaux sociaux. Je vois passer toutes les photos des soirées auxquelles je n'ose pas aller, tous les événements que j'ai ratés à cause de ma peur de me déplacer. C'est frustrant, et même douloureux, de me sentir à la fois si proche de certains élèves et dans une bulle. Pourquoi j'ai si peur de l'enfermement, d'aller en cours, de me regarder dans une glace ? Aucune idée. Alors ça ne sert à rien de me poser toujours les mêmes questions :

«Alex, pourquoi t'es toujours sur ton téléphone ? Pourquoi t'as pas fait tes devoirs ? Pourquoi tu ne montres jamais tes dessins ? Pourquoi tu vas mal ? Hein, pourquoi ? »

Je n'en sais rien. Voilà. JE N'EN SAIS RIEN !

Et c'est ça qui est le plus angoissant.

J'entends soudain un objet vibrer. Je me relève en sursaut. Mon téléphone ? Je me précipite pour fouiller mon sac, que j'ai balancé près de mon lit en rentrant du lycée, et je sors nerveusement un cahier, ma trousse, un livre de géo, un paquet de mouchoirs, une poignée de bonbons à la menthe, des crayons mâchouillés, des biscuits secs écrabouillés… Jusqu'à ce que je sente un objet rectangulaire et froid. Il y a effectivement un portable dans mon sac. Miracle ! Sauf qu'au moment de l'ouvrir je m'aperçois que ce n'est pas mon téléphone. Pas la même marque, pas la même couleur, celui-là n'est pas noir, mais argenté. Et il coûte beaucoup plus cher. D'où sort-il ? Ce n'est évidemment pas mon père qui m'a fait ce cadeau surprise…

L'icône SMS indique qu'il y a un message. Mes doigts hésitent ; ce n'est pas mon téléphone. Mais je clique quand même.

> Alex, quel que soit l'endroit où tu te trouves, dans ta chambre ou au lycée, va prendre l'air avant de continuer, tu auras besoin d'avoir les idées claires pour lire la suite.

Les battements de mon cœur s'accélèrent. Qui m'envoie ce message ? Et ce téléphone ? Le visage de Double J traverse mon esprit. C'est la dernière personne à qui j'ai parlé. Mais ça ne colle pas : on n'est pas assez proches pour qu'il me fasse un cadeau, il n'est pas mon ami, juste un élève qui s'intéresse enfin à moi parce que je fais partie des cinquante meilleurs avatars du NƎB. S'il avait voulu me donner un téléphone pour que je continue la partie, il s'en serait vanté, il ne l'aurait pas fait en secret. J'ai quand même le réflexe de lui envoyer un message pour m'en assurer, mais le répertoire des contacts est vide et je ne connais pas son numéro par cœur. À part lui, je ne parle à personne au lycée. Je n'ai noué aucun lien dans ce nouvel établissement, pas plus que dans l'ancien, je fais zéro activité extrascolaire, je ne vois pas qui pourrait me jouer ce tour.

Le téléphone vibre pour indiquer la réception d'un nouveau message. Je reclique sur l'icône en forme d'enveloppe, espérant découvrir qui me fait cette mauvaise blague.

Je connais de toi bien plus que ton prénom, Alex. En téléchargeant l'application du jeu, tu n'aurais pas coché la case autorisant le service à accéder à toutes tes données?
Tu ne t'en souviens plus. Tu cliques, tu t'inscris, mais tu te fiches de savoir qui tire les ficelles. Et tu n'as pas appris la seule règle qui t'aurait permis de survivre dans cette société de consommation: RIEN N'EST GRATUIT.

Une décharge électrique parcourt mon corps. Personne ne m'envoie des messages aussi longs, d'habitude, juste des moqueries en signes abrégés. Je ferme les paupières et tente de respirer profondément, mais j'ai le souffle court. J'évalue les différentes options :

Option 1 : c'est un hoax qui doit cibler les joueurs du N3B après le piratage.

Option 2 : je vais recevoir un nouveau SMS signé BULLDOZER, je découvrirai que mon pote virtuel est un hacker de haut niveau, qu'il fréquente mon quartier, peut-être même mon lycée, j'aurai un fou rire et un meilleur ami pour la vie. Ouais… je peux toujours rêver.

Option 3 : un détraqué me harcèle. La panique s'empare alors de moi, car c'est l'option la plus probable.

Nouvelle notification.

Nouvelle frayeur.

Nouveau clic.

Si tu veux décrocher la victoire, Alex, il va falloir venir la chercher ! Et dans le monde réel, cette fois.
Ce n'est pas une blague, c'est un algorithme qui a sélectionné ton profil selon nos critères de recherche : une personne intelligente aux capacités sous-estimées, assez désespérée pour se jeter dans une aventure hors du commun.
Ton quotient intellectuel est au-dessus de la norme, mais tu n'as pas la moyenne en classe. Ta claustrophobie te prend toute ton énergie. Tu n'as pas de relations amoureuses, personne à qui te confier ou pour qui tu pourrais renoncer à poursuivre ta quête : être le dernier avatar survivant du **NƎB**.

Une peur diffuse me fait frissonner. Je suis sur le point d'éteindre le portable pour mettre fin à ce harcèlement, quand un nouveau message s'affiche.

Quoi ?!! 🤔😵😠
Tu penses que c'est un joke, un troll, un hoax. Tu ne sais pas comment se disent ces mots en français. Avant de ne plus avoir la parole, notre génération commencera par perdre sa langue.
Oui, j'ai le même âge que toi, Alex, à quelques années près. Sauf que je vis dans la clandestinité. Mes potes et moi, on a piraté le **NƎB** et on a récupéré toutes les données des joueurs et des spectateurs. C'est nous, désormais, les maîtres du jeu.
Je sais que tu ne me croiras pas sur parole, je pourrais te décrire comment on s'y est pris, toutes nos activités et nos succès passés, ça ne suffira pas. Tu voudras des preuves.
Je t'envoie donc ce fichier zip.
Tu y trouveras toute ta vie numérique.

Une lune blafarde glisse dans la nuit et la peur envahit mon visage. Je pose fébrilement le téléphone sur mon bureau, ma bouche est sèche, pâteuse, pleine d'écorces, je dois serrer les poings pour empêcher mes doigts de trembler. Les larmes me montent aux yeux.

Je déroule le fil des derniers jours pour essayer de comprendre comment j'ai pu en arriver là. Le jeu a été piraté la nuit dernière. Mon père m'a confisqué mon portable. Des soi-disant pirates m'en ont glissé un autre dans mon sac. Ils détiennent toutes mes données personnelles. Les preuves seraient contenues dans le fichier joint.

Voilà où j'en suis à ce stade de ma vie.

J'ai seize ans et demi.

Aucun ami.

Et une comptine de bébé qui me trotte dans la tête.

*Maman est en haut qui fait du gâteau*
*Papa est en bas qui fait du chocolat*
*Fais dodo, t'auras du lolo*

Sauf que ma mère est montée trop haut, trop tôt.

Et mon père est resté tout en bas, à creuser le sol. Je ne sais pas s'il cherche à enterrer quelqu'un ou un trésor imaginaire.

Moi, j'ai touché le gros lot : un dingo.

Dois-je prévenir mon père, la police ?

J'ai encore le réflexe de cliquer pour ouvrir le fichier. Mais ce n'est pas le jeu qui démarre, c'est ma vie qu'on a volée.

Langue de l'utilisateur :
*français*

Nom : Alex LAPIERRE

Dernière connexion : 12 avril à 22:43

**Genre : Unspecified**

ID de l'appareil photo : 42cbdf67857b01b-9623007bcd4de1d5e

adresse IP : android-e5864a8cf7efec2c

Adresse e-mail : aaallleeexxx@yahoo.fr

Pourquoi tu veux pas nous montrer tes dessins ? On pue ou quoi ? 😝

Date de naissance : 02/11/2007

Houuu… J'ai peur du noir, laissez-moi sortir ! 👻

Dernière déconnexion : 13 avril à 00:27

**Bio : Je craque, ma vie en noir**

Numéro de téléphone confirmé : 06 48 48 05 77

Mon pou, je vais rentrer plus tard ce soir. Il y a un reste de gratin dans le frigo. Papa

Numéro de Sécurité sociale : 207119912779753

Nom d'utilisateur : ALEX_ILLUSTRATION

T'as un problème, toi ! 😬

Toute ma vie défile sur l'écran : adresse postale, mail, téléphone, date de naissance, lieu de naissance, genre, numéro de Sécurité sociale, adresse IP, photos et vidéos stockées, mots de passe, lieux de connexion, dates et horaires des connexions, liens familiaux, contacts téléphoniques, avatars tués, ignorés, acceptés, historique et contenu des dialogues entre avatars, applications téléchargées, pages et groupes suivis sur les réseaux sociaux, contenus publiés, aimés et commentés, photos et vidéos publiées, visionnées, aimées, partagées, amis, amis supprimés, amis refusés, hashtags suivis, mots, tags et comptes recherchés, messages privés, SMS, mails.

Trente-neuf annonceurs ont ajouté mon nom dans la liste de leur audience pour m'envoyer des publicités ciblées sur le dessin, les jeux vidéo, les bonbons à la menthe.

Temps d'écran moyen journalier : 6 h 07.

Temps d'écran des sept derniers jours : 59 heures.

J'ai du mal à respirer. Jusque-là, je cliquais en pensant être à l'abri. Personne ne pouvait connaître mon historique de navigation, quels profils je consultais sur les réseaux sociaux. Oui, jusque-là, j'avais l'impression d'être un fantôme qui épiait la vie des autres sans déranger personne, et sans intéresser non plus personne, et je découvre qu'on me traquait, moi aussi. C'est violent.

La peur au ventre, je ne dors pas de la nuit. Le matin, je ne parviens pas à avaler quoi que ce soit au petit-déjeuner. Mon père pense que je me braque encore pour le portable confisqué. Il met également mon manque d'appétit sur le compte de mon départ à l'étranger : un déplacement longue distance = panique.

– Et « sur » un bateau, ça irait ? m'avait-il demandé en m'annonçant mon inscription au stage « Anglais & déconnexion numérique ».

J'ai donc échappé à l'Eurostar et au tunnel sous la Manche en négociant un voyage « dans » le bus, mais à l'air libre sur la proue d'un ferry.

Je ne dis rien à mon père, ni pour le portable trouvé dans mon sac ni pour les SMS anonymes. Parce que je lui en veux encore. Parce qu'il découvrirait toutes mes données volées. Parce que j'ai peur des représailles des pirates.

Mon père me dépose à la gare routière, après avoir insisté lourdement tout le trajet pour que je mange quelque chose.

– Tu as l'air pâle. Tu te sens bien ?

– Mais oui…

– Tiens, prends une pomme.

– P'tain, j'te l'ai déjà dit, j'ai pas faim.

– Ne jure pas, Alex ! Et mange, ça va te donner des forces.

– J'ai pas…

– Alex !

J'attrape la pomme et je claque la portière sans lui dire au revoir.

Le car à destination de Londres est à moitié vide. Je tremble en m'asseyant sur mon siège. J'ai l'impression que les portes du bus ne se rouvriront plus jamais et je me retiens de ne pas sortir en courant avant que le véhicule démarre.

À Victoria Station, je dois retrouver des adolescents de toute l'Europe venus suivre, comme moi, des cours intensifs d'anglais dans des familles d'accueil, à deux heures de la capitale. Nous prendrons tous ensemble un autre bus. C'est ce qui est prévu, mais j'ai l'impression que je n'atteindrai jamais le point de rendez-vous, qu'un message subliminal pourrait s'afficher sur la vitre, qu'une capsule du **NƎB** pourrait atterrir sur le bitume, un commando en surgir et me kidnapper, ou m'étouffer sur place ou… Quand le bus démarre, je suffoque.

J'aimerais quitter la Terre. Me réfugier en ligne, faire des loopings dans les airs avec BULLDOZER ou m'évader quelque part dans un monde virtuel bienveillant.

Après avoir longuement hésité, j'ai glissé le téléphone des pirates dans ma poche, éteint. J'ai trop peur de l'allumer et de voir une nouvelle notification. Si j'apercevais un message non lu, je ne pourrais pas m'empêcher de cliquer et c'est déjà trop angoissant de me trouver dans une carcasse ambulante lancée à 100 kilomètres à l'heure sur l'autoroute. Alors un nouveau message anonyme, non merci !

Je bous intérieurement de ne pas pouvoir surfer, glisser mon doigt sur la surface lisse et réconfortante d'un écran. Je garde quand même le portable dans ma main en imaginant que c'est le mien, et sa chaleur me rassure un peu.

Au port, le bus pénètre dans le sous-sol obscur du ferry. Mon cœur cogne contre ma poitrine, j'ai l'impression qu'on m'enterre. Le chauffeur nous donne rendez-vous au même endroit dix minutes avant l'arrivée. Je suis les autres passagers dans les escaliers en béton du parking, oppressants, sentant la pisse, et j'ai l'impression qu'on m'observe, comme si la personne qui m'avait envoyé les SMS pouvait m'espionner à travers des caméras cachées.

Au deuxième étage du paquebot, il y a un espace de jeux pour les enfants, un bar désert avec des fauteuils bleus usés et des tables basses en plastique. Je file sur le pont, à l'air libre. Le vent souffle fort et des gouttes de pluie gelées fouettent mes joues. Les messages de la veille tournent en boucle dans mon cerveau pendant toute la traversée. Et, quand les côtes anglaises se dessinent à l'horizon, je n'ai toujours pas trouvé d'explication crédible pour comprendre ce qui m'arrive.

Victoria Station. Une pancarte avec le nom de la société d'échanges linguistiques émerge au-dessus d'une dizaine d'adolescents aussi peu enthousiastes que moi à l'idée de participer à ce stage détox. Un animateur en blouson jaune et au sourire forcé nous explique qu'on devra se séparer de nos portables quand on arrivera dans les familles d'accueil. Il tend à chacun un sac en papier avec notre déjeuner : un sandwich de pain de mie aux œufs et au bacon, une pâte de fruits et une petite bouteille d'eau. Quand le dernier inscrit se pointe, tout le monde est prié de monter dans un car aux roues couvertes de boue, signe qu'on atterrira bientôt dans un trou paumé. Dans le bus, je cherche du regard les autres participants, mais ils ont tous les yeux rivés sur l'écran de leur téléphone, ils en profitent tant qu'ils peuvent et je les envie terriblement.

Derrière le siège du conducteur, une télévision suspendue diffuse les images d'une chaîne d'informations en continu. Je sursaute en voyant le décor du NƎB avec les tours, les capsules, les avatars puis l'écran noir avec le message des pirates. Je me précipite à l'avant du bus pour demander au chauffeur de mettre du son. Il hausse les épaules et règle le volume au minimum, je dois tendre l'oreille pour entendre, mais j'arrive à comprendre. La langue anglaise était utilisée sur les sites de fouilles de mon père, où travaillaient des ouvriers et des archéologues de plusieurs nationalités. Depuis, j'ai pris l'habitude de visionner les films et les séries télé en version originale. Pour moi, la langue anglaise, c'est la liberté. C'est ma vie d'avant ma phobie.

Une bande de geeks bien connue des instances de surveillance numérique est soupçonnée d'être à l'origine du piratage du jeu, qui n'a pas encore été contré. « Seuls des pros ont pu réussir cette prouesse technique », explique un expert en cybersécurité. « Probablement des génies repentis des nouvelles technologies, ils connaissent tous les systèmes pour avoir participé à leur conception », dit-il. Puis le journal passe à un autre sujet, le suicide d'un adolescent victime de harcèlement en ligne. Je retourne m'enfoncer dans mon siège, au fond du bus.

Inexorablement, malgré le drame intérieur que je vis dans l'ignorance générale, le bus progresse sur l'autoroute et finit par arriver à destination. Sur le parking d'un lycée, on me présente à ma famille d'accueil : une femme aux cheveux blonds, gras, tirés en queue-de-cheval, au sourire chaleureux, tenant par la main un gosse au nez rougi par le rhume. Je les salue vaguement. Je ne pense qu'à une chose : le nombre de messages qui doit clignoter sur le téléphone dans ma poche.

Après avoir résisté durant tout le trajet en autocar, trépigné pendant la présentation à ma famille d'accueil, je finis par céder et par allumer le portable dès que je me retrouve dans ma chambre. La pièce mansardée au papier peint fleuri se situe au deuxième étage d'une maison mitoyenne en briques rouges, identique aux autres maisons de ce lotissement anglais. Les jardins étroits sont bordés de barrières basses en bois.

Comme je le redoutais, trois nouveaux messages anonymes m'attendent. Quand je clique pour ouvrir le premier, mon pouls s'accélère.

Alors Alex, elle est plutôt sympa cette famille d'accueil, non ?

Mes yeux s'écarquillent de peur. OK, les pirates peuvent me localiser avec le téléphone, mais comment peuvent-ils connaître la famille d'accueil ? Je parcours des yeux le plafond en cherchant nerveusement une caméra, sans rien trouver, puis je me carapate par terre dans un coin de la pièce, les genoux entre mes mains, pour lire le deuxième message.

Si tu veux avoir une chance de gagner au **NƎB**, ta mission est simple : viens nous rejoindre. Au dîner, aie de l'appétit malgré la bouillie anglaise qu'on te servira et bâille fréquemment pour abréger la soirée. Quand tout le monde dormira dans la maison, sors en douce par la porte de derrière. Tu trouveras un vieux vélo le long du hangar. Tu pédaleras vite en suivant l'itinéraire ci-joint. Mémorise-le, car tu devras traverser une zone blanche. Rassure-toi, il n'y a pas de loups-garous dans la région ni de fantômes, seulement notre base secrète.
Un pirate t'attendra sous le cèdre du Liban.

Mon cœur palpite à un rythme inquiétant. J'aimerais m'asperger le visage d'eau pour calmer la chaleur dans mon corps, mais mes jambes refusent de se lever. En panique, j'ouvre la pièce jointe, qui contient toutes les consignes pour rejoindre la base secrète des pirates. Je dessine à la hâte un plan pour me repérer.

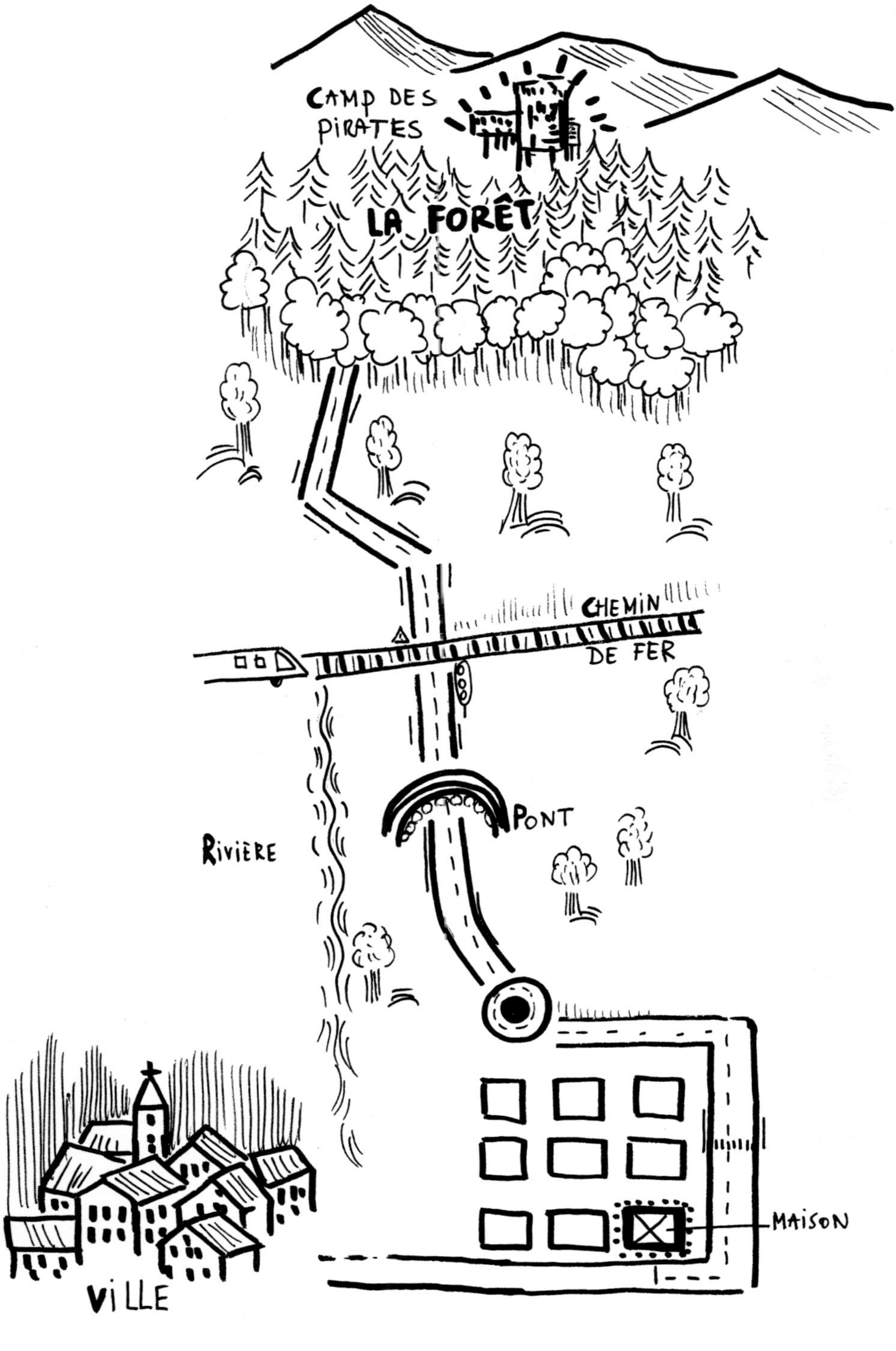
CAMP DES PIRATES
LA FORÊT
CHEMIN DE FER
PONT
RIVIÈRE
MAISON
VILLE

Un tremblement fait crépiter mon œil droit quand j'ouvre le troisième et dernier message.

On peut compter sur toi, Alex?

Je retiens mes larmes. Je ne veux pas craquer. Je me fais déjà humilier tous les jours au lycée : les rires en coin quand je fais un détour pour éviter le souterrain qui mène au gymnase, les rires carrément moqueurs quand un abruti me pousse à l'intérieur de l'ascenseur.

Un seul mot me vient en tête : SALAUDS.

Vous n'aurez pas ma peau ! Je vais le gagner, ce jeu !

Je tape rageusement sur le clavier du téléphone.

**pirates NƎB**

- Liste de pirates [Wikipedia]
- Mon compte a été piraté
- Peut-on faire fortune en piratant un jeu vidéo ?
- **Piratage du jeu en ligne NƎB : qui sont les suspects ?**

« Le piratage du célèbre jeu en ligne **NEB**, à quelques heures de la fin de la partie disputée depuis des semaines, a choqué des millions de spectateurs et affolé les actionnaires. Qui sont les individus suspectés d'être à l'origine de ce piratage ? »

**Ganesh MANGVHI**, 24 ans, Québécois d'origine indienne. Fils du millionnaire de la high-tech Azim Manghvi. Multi-diplômé en informatique, mathématique et physique, Ganesh étudie dans les plus grandes universités américaines avant de s'implanter en Europe. Fondateur de plusieurs start-up, il travaille pendant deux ans comme directeur des expériences utilisateurs pour le plus grand studio de jeux vidéo au monde, avant de démissionner avec fracas en dénonçant le pouvoir démesuré et dangereux des nouvelles technologies.

**Pseudo DARKVADOR**, 22, 23 ou 24 ans selon les sources, américain (nationalité non vérifiée). Génie précoce, il maîtrise à 10 ans plusieurs langages informatiques et crée à 13 ans son premier logiciel. À 16 ans, il pirate trois banques multinationales. Il aurait fait fortune en vendant des faux likes et des followers par millions. Repenti, le « data dealer » mettrait désormais son argent et son expérience du dark web au service du numérique éthique.

**Pseudo GRIMM**, 19 ans, nationalité inconnue. Il se fait connaître à 17 ans pour avoir piraté des réseaux militaires américains en laissant ce message : « Votre sécurité est merdique. »

**Juliette LION**, 18 ans, belge. Elle étudie l'informatique et obtient son premier emploi en tant qu'ingénieure sur le jeu virtuel **NƎB**. Elle démissionne trois mois avant le lancement du jeu après avoir alerté en vain sa hiérarchie sur des failles dans la sûreté des données.

Les spécialistes soupçonnent également l'ancien candidat de l'émission de téléréalité *La pyramide des besoins humains*, **Christopher SCOTT**, d'avoir rejoint le réseau à l'origine du piratage du **NƎB** après sa disparition mystérieuse lors de la finale de l'émission.

Christopher Scott ! C'est le seul nom que je connais dans la liste. J'avais lu son livre au collège.

**Livre Scott**

TÉLÉRÉALITÉ

**Où est passé Christopher Scott ?**

Dans son livre *La pyramide des besoins humains*, l'adolescent confie sa propre version des faits après sa participation à l'émission. Il a réussi l'exploit d'atteindre la finale tout en vivant à la rue, avant de se volatiliser.

À l'époque, j'avais suivi tous les forums sur le web qui parlaient de sa disparition. Ça me fait un choc de savoir qu'il pourrait être un des avatars du NƎB ! Et si c'était BULLDOZER ? Ou bien celui qui m'envoie les SMS ?

Je tape une nouvelle recherche dans le navigateur du téléphone.

**Christopher Scott N∃B**

Que sont devenus ces anciens candidats de la téléréalité ?

Connu sous le pseudonyme de christopher.scott54, l'adolescent SDF a acquis une notoriété éclair en dévoilant ses besoins vitaux aux spectateurs, puis il a disparu sans laisser de trace. Il n'a fait aucune apparition publique après sa participation à l'émission. La publication de ses mémoires a reçu un accueil mitigé.

*J'ai trouvé ce livre bof.*
*J'ai adoré !*
*La fin est trop rapide, c'est frustrant, on ne sait pas ce que devient Christopher.*

Certains le croient mort, il aurait pourtant été aperçu l'année dernière sur une plage en Angleterre. Une rumeur annonçait son retour médiatique lors du lancement du jeu en ligne **N∃B**, pronostiquant sa victoire finale sous un autre pseudonyme.

Jusque-là, je les détestais, ces hackers qui avaient interrompu le jeu. Mais si Christopher Scott est avec eux, ça change tout ! Dans l'émission, c'était le seul participant qui avait l'air vraiment sincère. Il ne cachait pas ses problèmes familiaux ni ses angoisses. Je me sentais très proche de lui, encore plus quand j'ai lu son livre. Il y révèle tous ses sentiments, alors qu'au lycée on se protège tous par peur d'être charriés. Quand Christopher a disparu, ça m'a fait tout bizarre. J'ai eu l'impression de perdre un copain. Je donnerais cher pour découvrir ce qu'il est devenu.

Si seulement je pouvais être Alex aux cheveux d'argent, sans foi ni sang ! Je ferais n'importe quoi dans le **NƎB**, bien sûr que je me rendrais au rendez-vous pour découvrir le camp des pirates et percer le mystère de la disparition de Christopher Scott.

Mais là, dans la réalité… c'est impossible.

C'est impossible, car je ne suis pas mon avatar. J'ai menti, je ne ressemble pas du tout à cet Alex aux cheveux d'argent. Je suis même tout l'opposé. Alors j'envoie une réponse lapidaire :

NON.

Je m'attends à recevoir un message illico, mais rien ne se produit pendant de longues minutes. Du coup, je tente autre chose.

> Et si on se retrouvait dans le **NƎB**?
> Vous avez piraté le jeu, vous pouvez bien le rebrancher, non?

Une minute de silence où je pense avoir gagné une manche. Puis je reçois un nouveau message.

> Je crois comprendre ce qui te pose problème, Alex.
> Tu veux bien nous rejoindre avec ton avatar, mais pas en étant toi-même.
> Rappelle-toi qu'on dispose de toutes tes données, on sait qui tu es. Vraiment.

Que savent-ils ? Je me retiens de crier. Bien sûr, ils sont au courant… Comment j'ai pu être aussi bête ! J'ai fait l'autruche en me planquant derrière mon avatar. Mais c'est évident qu'ils connaissent ma véritable identité. Ils savent que…

Une nouvelle vibration me fait bondir de peur.

Alors, on peut compter sur toi, Alexandra ?

Je me prends la réalité en pleine face. J'étais Alex aux cheveux d'argent, un point c'est tout. Je ne voulais plus entendre les autres m'appeler « Alex la claustro » ou « la fille zarbi ». Plus de différence, plus de peur. Juste mon avatar non genré. Sauf que, dans le monde réel, j'ai bien un corps. Et un sexe. Féminin.

Comme toujours, ma vie avance par à-coups, et ça fait mal. Dans la salle de bains minuscule, humide, imprégnée du parfum à la rose de la mère, je reste longtemps sous le jet trop chaud, malgré le rideau couvert de légères moisissures qui me colle à la peau. L'eau nettoie mon corps sans clarifier mes pensées. Aucune solution n'émerge de ce flot brûlant. Je descends dîner avec la mère et le mioche et je verse presque une larme quand la femme m'appelle « *Sweetie* », mais je suis dans un tel état de nerfs que la vue d'un insecte écrasé pourrait me faire pleurer.

De retour dans la chambre, j'étudie l'itinéraire qu'il faudrait emprunter pour rejoindre le point de rendez-vous. Sur le navigateur Internet du téléphone, je tape le nom de la ville. Je zoome sur le plan pour comparer les environs avec les indications des pirates. Il y a bien un quartier pavillonnaire, un chemin de terre qui longe une rivière, puis une clairière au milieu d'une forêt. Je cogite longtemps avant de me résoudre à envoyer un message.

> Faut vraiment être une bande de mecs cinglés ou pas très futés pour proposer à une fille de les rejoindre en pleine nuit dans un chantier désaffecté.

Réponse immédiate.

> T'as raison. Je n'aimerais pas être à ta place.

Je bous de rage. C'est décidé : je vais prévenir la police. Je compose le 17, puis je me souviens que je suis en Angleterre. Je tape dans le moteur de recherche « numéro police angleterre ».

La connexion Internet se bloque. Puis je reçois un nouveau SMS.

Je suis sincère, je n'aimerais pas être à ta place. Être une fille, ça doit être trop galère. Mais je te jure qu'on ne te fera pas de mal. Regarde qui tu vas retrouver !

Une photo de BULLDOZER surgit sur l'écran. Je réponds direct.

Vous me prenez vraiment pour une idiote.

Et toi, tu nous prends pour des bleus.

OK, alors on en reste là.

OK.

Plus aucun message pendant vingt minutes. Je fais quoi ? Ça me rappelle la collection que je lisais enfant, « Le livre dont tu es le héros ». J'imagine ce que ça donnerait aujourd'hui.

Si tu choisis d'en rester là, RDV page 89.

Si tu choisis de réveiller la mère pour qu'elle prévienne la police, RDV page 36.

Si tu as une meilleure idée…

«Tes pouvoirs magiques, utilise tes pouvoirs magiques!» me soufflerait Double J. Facile à dire… J'ai beau cogiter, je ne trouve pas de solution miracle pour me sortir de ce traquenard.

Ça me rappelle toutes ces fois où j'observais mon père à son travail. Un site de fouilles, ça ressemble à un labyrinthe: des galeries souterraines sont creusées dans plusieurs directions pour quadriller une zone, avec l'espoir de mettre au jour un trésor. L'immense majorité des pistes ne mène nulle part et ne révèle aucun secret. Il faut attendre des heures, des jours, parfois des mois avant qu'une pépite soit découverte. Mon père restait toujours calme et patient. Il disait: «Un blocage oblige à trouver un autre passage» et il répétait, en chantant presque: «Allez, courage. On creuse, on creuse, on creuse!» Alors pas question que j'abandonne maintenant. J'ai la trouille, mais je ne suis pas une trouillarde.

Je ne sais pas qui je suis, en fait.

J'ai le cerveau coupé en deux.

Une moitié se sent en échec au lycée
et l'autre moitié jubile de son petit succès :
avoir retenu l'attention des pirates du N∃B.

Une moitié a peur,
l'autre moitié frétille d'impatience.
Une moitié ordinaire,
une moitié particulière.

Une moitié garçon…
et une moitié fille.

Parce que je suis une fille, oui.
Et je ne suis pas la première
à avoir masqué mon sexe
pour intégrer un univers masculin !

Et le meilleur pour la fin : une moitié française, une moitié arabe. Parce qu'en plus d'être une fille je suis d'origine arabe. Mes parents s'étaient rencontrés au Moyen-Orient. J'entends déjà les moqueries. « Alex aux cheveux d'argent est une beurette ! »

Pour créer un avatar qui me ressemble réellement, j'aurais dû cocher ces cases :

corpulence moyenne,

cheveux noir corbeau, mi-longs, ondulés et épais,

peau mate,

sourcils épais,

yeux noisette.

Avec ce commentaire dans la case « yeux » : touche d'éclat de vert dans la noisette qui ressemble à une brisure, blessure cachée, accident de voiture. Coincée dans un siège bébé. Coupée en deux.

Je suis comme un avatar : à moitié moi.

J'en peux plus de ma vie ! Je reste enfermée dans ma chambre, car j'ai trop peur d'être retenue prisonnière si je sors. Dès que je mets un pied dehors, on me donne des ordres. Mon père, les profs… et maintenant ces pirates. Personne ne me prend au sérieux. Personne ne me croit capable de faire quoi que ce soit.

Je vais leur prouver que… que j'ai pas peur. Je m'en fous de ce qui peut m'arriver. Ça peut pas être pire que de rester seule, tout le temps, à me détester. Alors je vais aller dans la forêt, puisque tout le monde pense que j'en suis incapable.

Ils vont découvrir qui je suis.

Oui, ils vont voir.

Ils vont me voir pour de vrai !

Le point de rendez-vous se situe précisément à 5,2 kilomètres de la maison, soit vingt-deux minutes à vélo. Je me récite mentalement à plusieurs reprises l'itinéraire :

gauche,
gauche,
gauche,
au carrefour deuxième à droite,
fin de la zone pavillonnaire,
pont,
chemin de terre longeant une rivière,
gauche après une barrière de chemin de fer,
tout droit jusqu'à l'orée de la forêt,
suivre le sentier de randonnée
jusqu'à une clairière,
cèdre du Liban.

Zéro piste cyclable, des lampadaires jusqu'au carrefour, puis je devrai m'éclairer avec une lampe de poche.

Je tape « cèdre du Liban » dans le moteur de recherche pour visualiser les caractéristiques de l'arbre (évidemment, la connexion fonctionne maintenant que je n'essaie plus de joindre la police) : des branches basses horizontales et épaisses, des aiguilles particulièrement longues, peut atteindre 40 mètres de hauteur.

J'attends plus d'une heure sur mon lit que le silence plane dans la maison. Lorsque je n'entends plus de voix, de plancher qui craque, de robinet qui coule, je sors de la chambre en tentant d'étouffer le moindre son provoqué par mes mouvements. Dans mon sac à dos, j'ai préparé une bouteille d'eau, un pull chaud, mon carnet, la lampe frontale que mon père a ajoutée à la dernière minute dans mon sac, alors que je pestais. S'il savait désormais ce que je m'apprête à faire… il serait dans tous ses états.

Je descends l'escalier sur la pointe des pieds, puis j'ouvre la porte arrière, celle de la cuisine, en retenant mon souffle. Mon cœur bat la chamade. Dehors, je fais une pause pour m'assurer que la chambre de la mère ne se rallume pas et je suis soulagée de constater qu'aucune fenêtre n'est éclairée dans la rue. Je me faufile près du hangar, agrippe le vélo et le fais rouler jusqu'à l'entrée du jardin.

Un dernier coup d'œil à la maison plongée dans le noir, puis j'ouvre la barrière, la referme, grimpe sur le vélo et, prudemment, je commence à pédaler sur le bitume.

Tourner trois fois à gauche. Je me focalise sur mon plan de route pour ne pas cogiter et être tentée de faire demi-tour. Soudain, un chien aboie au loin, je tressaute et mon vélo fait une embardée, je retrouve au dernier moment l'équilibre. Un pied à terre, puis je repars.

Au carrefour, deuxième à droite, j'aperçois le pont. La tension monte à mesure que je m'enfonce dans la nuit.

NE PAS AVOIR

NE PAS AVOIR

NEPAS ~~PEUR~~

Le chemin longe effectivement une rivière. J'entends le gargouillis de l'eau couler entre les pierres. Lorsque je parviens à la barrière du chemin de fer, je tourne à gauche puis continue tout droit jusqu'à l'orée de la forêt. Je ralentis. J'hésite à m'enfoncer dans les bois. Qu'est-ce qui m'attend, là-bas ? Je sors le téléphone de ma poche, aucun réseau. Je le range, nerveuse, puis je reprends de la vitesse en repensant au N∃B et à la victoire.

Un nouveau coup de pédale, et je m'engage sur le sentier de randonnée, le chemin zigzague, plus long et tortueux que je ne le pensais. J'arrive enfin à une clairière. Je parcours des yeux les environs, de droite à gauche, finis par repérer un arbre plus imposant que les autres aux branches horizontales.

Au pied du cèdre du Liban, une silhouette humaine se profile.

Je panique, en imaginant le pire.

Des ailes puissantes battent le ciel. Un rapace jette un cri strident en me survolant, mes mains moites s'accrochent au guidon. Je n'ose pas bouger.

Comme je reste clouée sur place, l'individu finit par s'avancer vers moi. Une capuche lui masque le visage. Sa silhouette n'est pas particulièrement massive, il ne porte pas d'arme, ne présente aucun signe d'agressivité. J'ai quand même la trouille au ventre.

Arrivé à ma hauteur, le pirate sort de son sac à dos un objet, je crains que ce ne soit une arme ou un couteau, et je détalerais si je n'étais pas aussi pétrifiée par la peur. En fait, il me tend une casquette. Le logo du N∃B est reproduit sur la visière. Le pirate m'enjoint à mettre la casquette et j'obéis, parce que je suis terrorisée, puis il me fait signe de le suivre. J'ai mille questions, mais je ne parviens pas à articuler un mot. Mon cœur bat si fort, j'ai l'impression que je vais faire un malaise… Je pose le vélo sur l'herbe. Mes jambes flageolent quand je me décide à suivre le pirate dans la nuit.

Je pense au Petit Poucet, je devrais laisser des indices pour retrouver mon chemin, mais je n'ai pas de cailloux à semer. J'essaie de mémoriser le trajet. Il n'y a pas de voie tracée au sol, le pirate emprunte des pistes enfouies dans les broussailles, il soulève des branchages, tourne à droite, à gauche, encore à droite, semble revenir sur ses pas et je me demande si ce n'est pas fait exprès pour me désorienter. On arrive enfin à une autre clairière, je me fige en découvrant une usine désaffectée, rongée par la végétation.

Cette fois, le pirate sort de son sac un duvet et me le tend, puis il dirige son doigt vers le bâtiment. Il est bien trop tard pour fuir. Je risquerais d'être amenée de force, ou je me perdrais dans la forêt.

Alors j'avance à reculons, en ayant l'impression de me jeter dans la gueule du loup.

Une gigantesque usine désaffectée, composée de plusieurs bâtiments en béton et de passerelles en acier, se dessine dans la nuit. Des fougères ont poussé autour de tonneaux métalliques rouillés et gorgés d'eau de pluie. Je progresse anxieusement en guettant les alentours. Le pirate s'est volatilisé. Je cherche une présence humaine, mais je n'entends que des croassements de corbeaux et le sifflement du vent qui s'insinue à travers les carreaux brisés.

Une flèche dessinée à la craie, sur une porte branlante et entrebâillée, est suivie de mon prénom.

→ ALEX

Par précaution, je pousse la porte avec mon pied. Rien ne me saute au visage. Je m'engage alors dans un long couloir couvert de tags et de moisissures, jusqu'à ce qu'une deuxième flèche m'oriente vers un escalier extérieur. J'ai enlevé la lampe frontale et je la tiens dans ma main, elle illumine faiblement chaque marche. C'est en apercevant l'auréole vaciller que je réalise l'ampleur de mes tremblements : ma main est glacée, et ma peur, bleue.

Une nouvelle porte à ouvrir avec le pied pour pénétrer à l'étage, un nouveau couloir. Et une troisième flèche inscrite sur une porte fermée.

Je tourne la poignée en m'apprêtant à décamper si un danger surgit derrière la porte. À ma grande surprise, je découvre une chambre aménagée : le lit est fait, les draps semblent propres, trois cintres pendent sur une barre en fer fixée au mur. Dans cette cellule spartiate, il y a juste un vieux lavabo et une cuvette de W.-C.

Une notification sonore résonne, je sursaute. J'avais complètement oublié le portable dans ma poche ! Sans connexion pendant le trajet, j'avais perdu espoir de pouvoir m'orienter ou appeler à l'aide avec le téléphone.

> Bravo, Alex ! Tu as réussi la première épreuve : rejoindre notre base secrète.

De quelle épreuve s'agit-il ? Le jeu a-t-il repris ? Le réseau étant revenu, je tape fébrilement l'adresse de l'interface du **N∃B** ; mais c'est encore l'écran noir. À quoi jouent ces pirates ? Sur le qui-vive, j'inspecte à la hâte la chambre : la petite pièce est carrée, sans meubles, sans recoin, le seul endroit pour se cacher serait sous le lit ; je vérifie, il n'y a personne. Je jette un coup d'œil à la fenêtre, il fait trop sombre pour que je discerne quoi que ce soit.

Je relis trois fois le message en attendant la suite. Pas de nouveau SMS, alors je tape fébrilement :

Pourquoi je suis là ?

Tu es là pour gagner, non ?
Tu veux toujours aller en finale ?

OUI !

Alors c'est parti.

Je ne comprends rien. Je clique sur l'interface du jeu pour réactualiser la page, une fois, deux fois, trois fois… Oh ! Un lien s'affiche enfin sur l'écran noir.

CONTINUER LA PARTIE

Je clique. Les tours du **NƎB** réapparaissent, je retrouve le décor sombre du jeu, soulagée, surprise ; je n'ai pas été éliminée, la partie reprend ! Puis un nouveau message s'affiche :

DEMAIN MATIN, VOUS DÉCOUVRIREZ…

Après une minute interminable où je ne cesse de cliquer pour réactualiser la page, la suite de la phrase est publiée :

LES 3 FINALISTES !

Mon cœur bondit. Fais-je partie des finalistes ? J'étais quatrième au moment du piratage. Un joueur a-t-il abandonné ? Puis-je encore être sur le podium ? Ce serait trop long d'écrire toutes les questions qui me viennent, alors je me contente de taper en quatrième vitesse :

Je suis en finale?

Quand la réponse arrive enfin, au bout de trente secondes, mes doigts tremblent de froid et d'impatience.

Presque… Si tu réussis la deuxième épreuve.

Laquelle ? Laquelle ? je me répète frénétiquement. On dirait que les pirates font exprès de me livrer les informations par bribes pour jouer avec mes nerfs. Je suis obligée de demander :

Quelle épreuve ?

Tout simplement : rester ici jusqu'à demain matin et l'annonce des finalistes.

Je relis le message plusieurs fois, tant je suis décontenancée.

Alors je n'ai pas été éliminée ?

Réponse de psychopathe :

Bonne nuit, Alex.

Je m'assieds sur le lit pour reprendre mes esprits, sans cesser de fixer la porte d'entrée de la chambre. Où sont les pirates ? D'autres joueurs se trouvent-ils dans ce bâtiment ? Je ne sais pas ce que je redoute le plus : rester seule ou voir surgir quelqu'un.

Les émotions de ces dernières heures m'ont vidée, je me sens à bout de forces. Je crois entendre des brindilles craquer, de l'eau tomber goutte à goutte, puis des pas dans le couloir. Je me roule en boule dans le sac de couchage et mes pensées partent dans toutes les directions : le jeu a-t-il été relancé par ses concepteurs ou par les pirates ? Suis-je en danger ? Dois-je m'enfuir ? Vais-je atteindre la finale ?

Paumée, je suis complètement paumée. Dans le brouillard, je me raccroche à cette idée fixe qui ne m'a pas lâchée depuis que je me suis inscrite au NƎB : je veux gagner ! Monter sur la première marche du podium, c'est la meilleure option, je crois, pour qu'on me respecte. Et que je sois enfin fière de moi.

Mes paupières se ferment malgré moi. Mais je ne dois pas m'endormir, il faut que je reste aux aguets. Je rallume le téléphone dès qu'il s'éteint pour garder son auréole de lumière, ça me rassure et ça me rappelle les flammes bleutées qui caressaient le sable d'un désert, quelque part au nord de l'Afrique. Je devais avoir sept ans. J'avais accompagné mon père sur un site de fouilles. Des hommes creusaient des dunes pour révéler le tombeau d'un roi, le soleil incendiait leur visage. On dormait sous des draps tendus entre deux piquets, la nuit tout juste illuminée par des flambeaux sacrés. J'avais peur, je n'arrivais pas à fermer l'œil, guettant les bêtes sauvages que je croyais entendre dans le souffle du désert et les fantômes qui menaçaient de surgir de ces fosses mystérieuses.

– Regarde, elle est là ! m'avait chuchoté mon père en pointant le doigt vers le ciel.

Il avait senti que je m'agitais et cherchait à me rassurer. J'avais levé la tête sans comprendre.

– Elle brille plus que les autres. L'étoile du Berger. Tu la vois ?

Sa lumière argentée m'avait alors happée. Je fixai l'étoile, éblouie, découvrant la puissance des astres pour la première fois.

– Où que tu sois dans le monde, tu sauras qu'elle veille sur toi, avait conclu mon père d'une voix réconfortante, balayant ma peur.

Tremblant dans mon duvet, dans cette cellule glaciale, je guette les étoiles à travers la fenêtre, mais le ciel est noir. Complètement noir. Je tape le numéro de mon père sur le téléphone, les larmes aux yeux, tant pis pour le jeu, tout le monde se moquera encore plus de moi au lycée en apprenant que j'ai craqué, mais j'ai trop peur, je veux qu'il vienne me chercher. Au moment de lancer l'appel, un doute me saisit. Ai-je vraiment envie que mon père s'affole et prévienne la police ? Le jeu s'arrêtera. Je me sentirai minable. Tout recommencera : l'ennui, les railleries, ma phobie. Je serre plus fort le téléphone dans ma main, sans composer l'appel.

Qu'est-ce que je fais là ? J'essaie de comprendre,

tout en sursautant dès que j'entends le moindre bruit suspect. J'ai d'abord cru que les pirates allaient me faire chanter, mais ils n'ont pas menacé de rendre publiques mes données. À part les échanges avec mon père et les commentaires méchants de certains élèves sur mes réseaux sociaux, je ne cache aucun secret et je n'ai pas d'argent pour payer une rançon. Alors pourquoi les pirates m'ont-ils contactée ? Si ce sont vraiment des pirates… Car n'importe qui pourrait être à l'origine des SMS anonymes qui se focalisent sur le même sujet : le jeu. En me faisant croire que je peux encore gagner.

C'est d'abord la peur qui m'a poussée à venir dans ce camp. J'ai suivi les ordres du corbeau en espérant mettre fin au harcèlement. C'est la colère, aussi. J'en veux à mon père de m'avoir empêchée de jouer, alors je lui ai caché la situation, j'ai fugué de la famille d'accueil. J'avoue que c'est excitant de désobéir. Pour une fois, ce n'est pas mon téléphone qui vibre, c'est moi ! Enfin, la curiosité et l'envie de gagner m'ont donné l'élan de pédaler jusqu'à cette forêt. Résultat de mes cogitations nocturnes : je sais plus ou moins pourquoi je suis venue, moi, mais toujours pas pourquoi on m'a attirée dans ce guêpier.

Je ferme les yeux en visualisant une petite étoile brillante, puissante, réconfortante. Maman, où es-tu ? Pourquoi tu m'as laissée ? Pourquoi je tremble, pourquoi le noir, pourquoi j'étouffe ?

– Ça va ? me demande une voix douce.

Je crois être plongée dans un rêve. J'entrouvre mes paupières avant de les écarquiller en apercevant une fille penchée vers moi. Je me redresse brusquement. Un rayon de soleil vient m'aveugler ; c'est déjà le matin. Terrassée par le stress et la fatigue, j'ai dû m'endormir, finalement. Je me frotte les yeux, étonnée d'être encore vivante.

La fille au look improbable se tient debout près de mon lit. Des cheveux rouges au carré avec une longue tresse dans le dos lui donnent un air mi-punk, mi-apache. Elle porte un pantalon rapiécé avec des bouts de tissu à carreaux et une casquette avec le logo du NƎB.

– Tu veux une boule ?

Elle me tend un bonbon du même rouge que ses cheveux. Puis elle pose une serviette de bain sur mon lit.

– Tiens, j'avais oublié de te mettre un essuie.

J'ai le réflexe de chercher le téléphone qui a dû glisser de ma main pendant que je dormais.

– C'est ça que tu cherches, dis ? demande-t-elle avec son accent belge, en agitant le portable devant mes yeux.

– Rends-le-moi ! je m'écrie.

Mais elle fourre le téléphone dans sa poche.

– Suis-moi, les autres nous attendent.

– Ho, t'as entendu ? J'veux appeler mon père !

– Trop tard. Allez, suis-moi, j'te dis. On va tout t'expliquer.

# MONSTRES

La fille aux cheveux rouges me presse d'avancer. Éblouies par les premiers rayons du soleil, on emprunte l'escalier extérieur qui semble être une issue de secours, puis l'allée pleine de fougères et de ferraille, jusqu'au rez-de-chaussée du bâtiment d'en face.

Je guette les alentours en cherchant des indices : le logo du NƎB ou des éléments de décor du jeu qui prouveraient que je suis bien ici pour continuer la partie. L'usine grignotée par le lierre paraît moins effrayante à la lumière du jour, je reste pourtant sur mes gardes, les jambes en coton. Les ouvriers ont l'air d'avoir quitté précipitamment les lieux, car des outils jonchent encore le sol, ainsi que des bobines de chantier et de longs rouleaux de papier jauni. Des insectes bourdonnent entre les vitres brisées. Près de l'entrée, à l'intérieur, une table industrielle a été dressée avec le petit-déjeuner, une odeur de café se répand dans l'air. Mais je ne vois personne dans l'entrepôt en grande partie plongé dans le noir. Aucun pirate, pas de joueur en vue.

Je tâte par réflexe ma poche ; il n'y a pas de téléphone. Je me sens abandonnée.

– Allo, Alex ! Tu rejoins l'aventure, t'sais ?

La voix masculine, au fort accent québécois, retentit derrière moi. Je me retourne nerveusement pour faire face à un type qui mesure une bonne tête de plus que moi, à la peau brune et à l'allure d'un étudiant américain en sweat à capuche et en jean. J'avais vu sa photo en faisant mes recherches sur le piratage : c'est Ganesh je-ne-sais-plus-quoi, le suspect n° 1. Mon expression semble le surprendre.

– T'as passé la nuit sur la corde à linge ou quoi ?

La fille me traduit :

– T'as la tête de quelqu'un qui n'a pas dormi de la nuit.

Sans blague… Mais je suis incapable de réagir, complètement déboussolée. D'une voix blanche, je parviens tout juste à articuler :

– Je suis en finale ?

Le type laisse échapper un sourire.

– Oui, Alex.

Mon cœur crépite. Je suis en finale ! Je suis en finale ! Cette nouvelle balaie d'un coup ma peur.

– Comme eux, ajoute-t-il, en pointant son doigt en direction de deux ombres au bout de la table.

Je ne les avais pas remarqués en entrant dans l'entrepôt. Obnubilée toute la nuit à l'idée de ne pas craquer, j'avais oublié que je n'étais pas la seule à jouer. Mais c'est bien trois finalistes qui ont été annoncés. Je trépigne d'envie de me connecter à l'interface du jeu pour voir si mon nom et mon visage, enfin ceux de mon avatar, s'affichent à l'écran et découvrir ceux de mes concurrents. Qui sont les deux autres finalistes ? La rousse frisée qui dégommait tout sur son passage ? J'espère que ce ne sera pas le cosmonaute misogyne ! Peut-être la mamie punk ? Puis je me rappelle que ce seront les vrais joueurs, pas leurs avatars. S'ils se révèlent aussi différents qu'Alex aux cheveux d'argent et moi…

Les deux silhouettes font un pas vers la lumière.

– Alex, je te présente, pour de vrai, cette fois…

Le pirate fait durer le suspense. Allez, vas-y, dépêche-toi ! Je bous intérieurement, comme lorsque le logo du jeu mettait du temps à s'allumer.

– … SANDRA22 et HUCK*!*

J'y crois pas ! Les deux autres joueurs me dévisagent avec une expression aussi surprise que moi. Je ne sais pas qui est qui, mais aucun ne ressemble à son avatar. Seul point commun entre nous : on a l'air d'avoir à peu près le même âge. Il y a un ado robuste, au visage rougi et fermé, et un garçon plus chétif, à la peau noire et aux traits doux. Ils semblent halluciner de découvrir qu'Alex aux cheveux d'argent est une fille.

Un sourire énigmatique aux lèvres, Ganesh claque alors des doigts, et des spots illuminent soudain tout l'entrepôt. Ébahis, on découvre une trentaine de pirates assis sur des escaliers en fer ou debout sur une plateforme à une dizaine de mètres du sol. Le lieu ressemble à une ancienne imprimerie, avec des machines rotatives et des passerelles reliant une zone à une autre ; l'usine désaffectée a été transformée en espace de travail collectif par de jeunes pirates clandestins.

Savourant son petit effet, Ganesh fait signe aux deux autres joueurs de s'approcher de moi. Le garçon costaud, en chemise à carreaux, porte la casquette du jeu vissée sur son crâne. J'ai mis la mienne dans mon sac, et le troisième joueur porte un bonnet en laine sans marque ni logo.

– Les SMS qu'on a envoyés sur vos cellulaires, c'était pour checker votre détermination à gagner, nous explique le pirate au visage à moitié masqué par sa capuche. On a contacté vingt joueurs correspondant à nos critères et seuls vous autres vous avez eu assez de courage pour venir dans le camp. Dix-sept autres joueurs ont pas eu le guts de traverser l'écran et resteront à jamais des avatars. Alex, Amadou, Ronan : vous êtes les trois finalistes. Mais y aura un seul gagnant, là !

– Ou une seule… ajoute la fille.

Le vocabulaire et l'accent québécois m'embrouillent, et je sens les deux autres joueurs aussi désarçonnés que moi.

– Mais vous êtes qui, vous ? demande le garçon costaud, d'une voix agacée et tremblante qui trahit la pression.

– Hey, Ronan ! Moi, c'est Ganesh. Tu connais pas mon pseudo, DARKVADOR ?

– Oh, c'est toi, DARKVADOR ?! s'exclame l'autre joueur, le plus chétif qui porte un bonnet, et qui doit donc être Amadou. C'est vraiment toi ?

Il le fixe comme si c'était une star. Je n'y connais rien, moi, à leur univers de pirates.

– Elle, c'est Juliette, notre prodige belge, continue Ganesh. Ces gars-là, y sont des hackers, parmi les plus doués au monde. C'est eux autres qui…

– Pourquoi vous avez piraté le jeu ? l'interrompt brusquement Ronan. J'étais à deux places du podium, moi !

– C'est pour l'argent ? renchérit Amadou.

Ganesh fronce les sourcils.

– Le cash, ça nous intéresse pas, c'est cheap. Nous autres, ce qu'on veut, c'est répondre au plus grand défi de notre génération : vivre avec le numérique sans devenir des zombies, t'sais ?

– P'tain, vous êtes des pirates ou pas ? C'est quoi l'embrouille ? s'énerve Ronan. Vous allez faire une version piratée ? Parce que moi, j'veux gagner au vrai jeu. À la version officielle.

– Tu veux pas le prix Nobel aussi, dis ? lui rétorque Juliette.

Ganesh se marre.

– Va falloir dealer avec la situation, vous autres. Oui, on est des pirates. Mais on est aussi les vrais maîtres de la game.

Il fait signe à l'un de ses acolytes sur la plateforme. L'interface du N∃B est alors projetée en grand sur un des murs de l'entrepôt. Le message annonçant les finalistes a été remplacé par nos trois avatars : un elfe aux cheveux d'argent, une jeune femme au crâne rasé et un vagabond avec un chapeau de paille.

– Chaque heure, l'écran noir y fait perdre cent mille piasses de recettes publicitaires aux actionnaires du jeu. Pis, chaque minute, dix mille internautes se branchent pour checker les finalistes, savoure le hacker.

On ne peut pas s'empêcher de sourire tous les trois, fiers que le monde entier suive notre aventure.

– Mais pour de vrai, ce n'est pas l'interface du N∃B, lâche Ganesh.

– Ce n'est pas le vrai site ?? s'étonne-t-on en chœur en ravalant subitement notre sourire.

– Le lien mène vers un site miroir qu'on a développé ici. Même interface, mêmes données, sauf que c'est nous autres qui l'administre. Je vous l'ai dit : on est les vrais maîtres de la game, à c't'heure.

– Mais les spectateurs retourneront sur la vraie interface quand ils le découvriront ! dis-je, mi-inquiète, mi-bluffée par leur culot.

– Tu penses-tu ? Pour ça, y faudrait déjà que le site officiel soit débloqué, pis c'est pas prêt d'arriver avant plusieurs jours. D'ici là, on aura déjà annoncé le gagnant.

À l'évocation de la victoire, on se met à trépigner, les yeux écarquillés à l'idée de jouer enfin la finale. Ronan est sur les starting-blocks.

– Qu'est-ce qu'il faut faire pour gagner ? Je suis prêt, moi ! Il faut rejouer sur l'interface ? Tuer les deux autres ?

– Oh ! Tu vas pas me tuer ? réagit Amadou, avant d'éclater de rire. Il veut me tuer, lui ? Mais c'est moi le gagnant, ici. Tu vas voir ce que je vais faire de ton avatar !

Sans un mot, un garçon sort alors de l'ombre en nous jetant un regard brûlant, indigné.

– Je vous présente GRIMM, dit Ganesh en faisant un pas en arrière pour le laisser prendre toute la lumière.

– GRIMM ? C'est toi GRIMM ?! s'exclame

Amadou. «Votre sécurité est merdique», c'est mythique !

Ce GRIMM doit avoir à peine quelques années de plus que nous. Blond, des mèches rebelles devant les yeux, une belle gueule avec un look destroy. Et une voix puissante et envoûtante, du genre à charmer les foules.

– On a piraté le N∃B, car on en a marre d'être pris pour des cons ! lance-t-il soudain avec fougue. On sait bien que nos données sont revendues à des annonceurs, on connaît toutes les techniques de manipulation de l'attention qui ont été utilisées pour élaborer l'interface et les règles du jeu. Tous, ici, on a maîtrisé les outils numériques avant de savoir marcher, on sait être invisibles sur le web et masquer nos traces. Mais les autres ? Qui a lu les conditions d'utilisation du jeu avant de s'inscrire ?

Je détourne les yeux quand il plonge les siens vers moi, avant de s'enflammer de nouveau :

– Pour les premiers pirates, la technologie, c'était la liberté. Maintenant, c'est devenu n'importe quoi : le traçage et le business des données numériques, les faux comptes, le piratage des hôpitaux… C'est dégueulasse, ce qui se passe. Moi, j'veux pas d'un monde basé sur le fric et la surveillance ! Quand j’avais dix ans, mon rêve, c’était de créer un jeu vidéo. Rejoindre une communauté cool et créative. Mais jouer en ligne, aujourd’hui, c’est se faire braquer : notre vie privée est devenue une marchandise, les mecs de la Silicon Valley se font des millions sur notre dos. Sauf qu’on va pas se laisser plumer comme des pigeons. On va récupérer le jeu, et jouer à notre façon : libres ! Pirater le NƎB, c’était seulement la phase 1.

Il marque un temps. On est suspendus à ses lèvres, trépignant de connaître la suite de leur plan.

– La phase 2, c’est rafler l’audience. En lançant une nouvelle saison du jeu, qui respecterait nos propres règles, cette fois : plus d’actionnaires, plus de collecte de données personnelles, plus de manipulation. Le NƎB 2, ce sera le jeu des joueurs.

Il marque une pause avant de lâcher :

– Et c’est vous qui allez l’inventer.

– Quoi, nous ? Mais quel jeu ? Comment ?

Nos questions fusent.

– Pour gagner, vous devrez chacun imaginer l’univers du NƎB 2. Le public votera pour la meilleure proposition. Et la finale aura lieu ce soir, en direct.

– Ce soir ???

On reste interloqués. Comment pourrait-on créer un jeu en un seul jour ?

– Vous matez une centaine de vidéos en une heure, vous pouvez bien avoir une seule idée en huit heures, non ? nous défie GRIMM.

– Vous ne devrez pas concevoir toutes les règles, précise Juliette. Ce qu'on vous demande, c'est juste d'imaginer le but principal du jeu, et son nom.

– Ah oui, une dernière chose… ajoute GRIMM.

Je sens l'embrouille arriver. Alors je fronce les sourcils en écoutant la suite.

– Pour jouer la finale, vous devrez vous dévoiler.

– On doit se mettre à poil ? demande crûment Ronan.

– Vous ne pouvez plus vous planquer derrière votre avatar. Interface officielle ou pas, on s'en fout. Ce qui intéresse le public, c'est vous ! Si les trois meilleurs joueurs acceptent de révéler leur identité, alors là, tout le monde se connectera sur notre interface, que ce soit la version piratée ou pas. Vous avez aimé le **N∃B** ? Vous suivez ces trois joueurs depuis des semaines ? Alors vous avez envie de découvrir qui ils sont dans la vraie vie ! Et de voter pour votre joueur préféré afin de le suivre encore dans le **N∃B 2**.

Devant nos mines sceptiques, Ganesh intervient :

– Vous avez la journée pour réfléchir à votre proposition, pis le public votera pour la meilleure idée. Le show d'la finale sera filmé ce soir et retransmis en direct, à 20 heures, sur l'interface du jeu. Alors, vous continuez la game ?

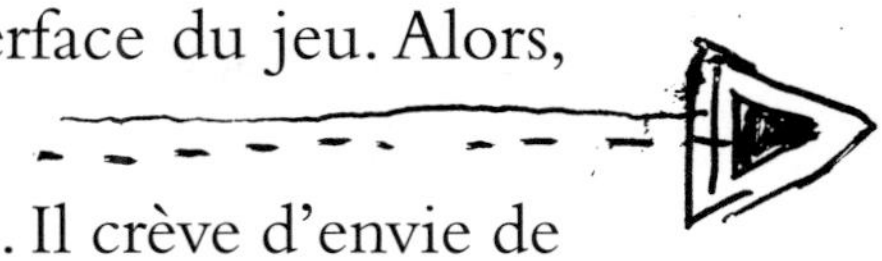

Les yeux de Ronan pétillent. Il crève d'envie de remporter le jeu et se réjouit déjà d'être filmé.

– Yes ! s'exclame-t-il spontanément.

Amadou et moi, en revanche, on accuse le coup.

– Pas question qu'on voie mon visage ! s'enflamme Amadou.

– Moi non plus, j'veux pas être filmée, j'ajoute.

– Je préfère être comme vous… précise Amadou. Rester dans l'ombre.

– Si tu gagnes, Amadou, tu feras partie de notre équipe, tente de le convaincre GRIMM. Tu deviendras le représentant de tous les pirates en défendant notre liberté face aux tyrans de la tech !

Cette perspective semble flatter le joueur, il enlève son bonnet, glisse une main dans ses cheveux pour réfléchir, et je vois bien qu'il se retient de sourire. Il finit par accepter de participer à la finale quand Ganesh, alias DARKVADOR, ajoute :

– Je pourrai te montrer comment j'ai cracké le mot de passe de la Panama Bank.

Bing, en plein dans le mille ! Amadou frétille.

– Et toi ? m'interroge GRIMM.

Son regard à la fois déterminé et désenchanté me trouble. Ce jeune pirate semble déjà cabossé par la vie. J'ai l'impression qu'avec son air malin, il peut lire en moi comme si on se connaissait. C'est la première fois qu'on se voit, pourtant. Quelque chose en lui m'attire, et me fait peur, aussi. Exactement comme pour le jeu : j'ai envie de continuer, bien sûr, et je suis tentée également de m'enfuir en courant. La vérité, c'est que j'aimerais appeler mon père pour avoir son avis. Mais jamais je n'oserais demander ça aux hackers, tout le monde se moquerait de moi. Alors je dis simplement :

– Rendez-moi d'abord le téléphone.

– C'est pas ton téléphone, Alex, t'sais bin, répond Ganesh, et mes joues rougissent.

Sait-il pourquoi j'ai dû me déconnecter ? J'ai trop honte que mon père m'ait confisqué mon portable. Je devrais me taire, mais je fais exactement le contraire et je m'enfonce toute seule en disant :

– Mon père va s'inquiéter. Faut que je le prévienne.

–Y s'attend pas à ce que tu l'appelles avant une semaine, Alex, me rétorque-t-il.

– Pourquoi ?

– Fais pas ta niaiseuse, tu sais très bien que le principe du stage d'anglais, c'était *no phone no connection*.

– Les autres ados avaient tous leur portable dans le bus !

– Pis ? Ils les ont confiés à leur famille d'accueil à leur arrivée. C'est la règle. Ils les récupéreront dans le bus du retour.

– Et ma famille d'accueil ? La mère doit s'inquiéter de mon absence.

– À c't'heure-là, on l'a déjà prévenue que t'as dû partir pour la journée.

– Comment ça ?

– C'est nous autres qui organise ces stages de *digital detox*, Alex.

Évidemment... Ils ont tout prévu. La publicité pour le stage d'anglais envoyée par courrier, les relances sur la messagerie de mon père, jusqu'à ce qu'il pense avoir eu tout seul l'idée de m'envoyer en cure numérique en Angleterre.

Je ne saisis pas ce que veulent ces pirates en relançant le NƎB, ni ce qu'ils espèrent vraiment de moi. Alors que tout le monde attend ma décision, je pense à ma chambre où je reste enfermée la plupart du temps, quand je ne suis pas obligée d'aller au lycée. Je ne comprends pas ce qui m'arrive depuis que je suis devenue phobique. Et moi, tant que je ne comprends pas, je ne bouge pas.

– J'arrive pas à croire que vous ayez piraté toutes mes données… dis-je d'un air dégoûté.

– Ça s'peut pas ! Moi aussi, Alex, c'est la première chose à laquelle j'ai pensé quand j'ai été hacké. Personne te juge, là, t'sais. On cherche juste à vous montrer c'que des pirates ou des sites comme le NƎB peuvent tirer comme informations sur vous autres.

– Mais pourquoi vous voulez relancer le jeu ?

– On t'a dit, c'est pour pouvoir jouer sans être manipulés, répond encore Ganesh, qui commence à être agacé par toutes mes questions.

GRIMM me scrute d'un œil en ayant l'air de chercher à comprendre… ce que je cherche à comprendre. Ce qui me fait peur, peut-être, ou ce qui pourrait achever de me convaincre. Alors il va droit au but, et ça me plaît.

– Vous jouez perso depuis le début, tout ce qui vous importe, c'est votre score. Vous restez confinés dans votre petite bulle. Nous, ce qui nous fait kiffer, c'est pas juste de pirater des serveurs derrière nos écrans. Ce qu'on veut, c'est changer le monde !

Puis il désigne un à un les jeunes pirates affairés dans l'entrepôt.

– Lui, c'est Farouk, il n'a jamais connu ses parents et a grandi à l'assistance publique. Les trois complices, là, étaient en échec scolaire et commençaient à tomber dans la délinquance. Mike a souffert toute son enfance d'un handicap à l'œil gauche qui le fait loucher. Catalina a été harcelée au collège. Tous, ici, on s'est sentis rejetés par les autres et on s'est réfugiés dans nos écrans. La plupart d'entre nous étaient des pirates indépendants avant de rejoindre le camp, d'autres ont travaillé pour des sociétés numériques et ont été écœurés par ce qu'ils ont découvert. Le moindre de nos pas, nos itinéraires, nos goûts, nos amis, ce qu'on écoute comme musique, les vidéos qu'on mate ou qu'on zappe… On est traqués, partout ! Alors on a décidé de prendre les choses en main.

C'est vrai, même nos notes, elles sont en ligne désormais… Je suis d'accord avec lui, mais j'ai envie d'attirer son attention, alors je le provoque :

– Vous voulez changer le monde, et c'est nous qui devons inventer le NƎB 2 ? Vous n'avez pas d'idées, en fait !

– On n'a pas d'idées ? Et qu'est-ce qu'on fait ici, tu crois, depuis des mois ?

Piqué au vif, GRIMM s'élance vivement vers l'une des plateformes où sont installés une dizaine de pirates et se retourne vers nous :

– Ici, c'est la zone rouge. Mike et les anglophones sont en train de concevoir la nouvelle interface du jeu qui limitera les effractions mentales dans notre cerveau. Du genre, les flashs alertes ou les tirs. Les surprises, c'est trop cool, on veut les garder dans le NƎB 2, mais pas en les balançant dès qu'un joueur est sur le point de quitter le jeu pour l'inciter à rester connecté ou en le punissant d'interrompre la partie. Dans notre version, un joueur qui se déconnectera ne perdra plus de points. Au contraire, chaque pause pourrait être encouragée avec un bonus pour que chacun puisse jouer à son rythme.

Je ne peux pas m'empêcher de commenter :

– En gros, au lieu de forcer les joueurs à rester connectés, vous allez les inciter à se déconnecter ? Super, la liberté !

– J'ai dit « pourrait » ! rétorque GRIMM. On n'est pas encore d'accord entre nous sur ce point… Mais la confrontation des idées, c'est le début de la liberté, non ?

Puis il bondit sur la passerelle du dessus et nous désigne cette fois une fille rondouillette et canon.

– Dans la zone bleue, comme l'infini du ciel, Catalina cogite avec les hispanophones pour contrer l'*infinite scroll*.

Ronan et Amadou hochent la tête comme si c'était évident. Je n'ose pas demander ce que c'est. Heureusement, GRIMM poursuit :

– L'infinite scroll, on sait tous que c'est le défilement infini de contenus. Plus besoin de cliquer pour changer de page, il suffit de dérouler le fil des infos. Dans le N∃B, il y avait toujours un avatar à découvrir, c'était sans fin. Super pratique, hein ? Sauf que le gars qui a inventé l'infinite scroll estime aujourd'hui que son invention nuit à l'humanité en volant leur temps de vie aux internautes qui, sans avoir à cliquer, donc de faire une action consciente, se retrouvent à scroller pendant des heures. Dégoûté par sa propre invention, il développe alors l'*anti-infinite scroll*, qui ralentit le flux à mesure qu'on fait défiler les contenus. L'équipe bleue travaille à intégrer cette fonction pour le N∃B 2.

Un nouveau bondissement, et GRIMM rejoint la zone jaune où Juliette et les francophones cherchent à limiter l'addiction au jeu.

– Leur mascotte, c'est bien sûr la souris du professeur Skinner ! s'exclame GRIMM.

Les pirates se marrent. Avec Ronan et Amadou, on est les seuls à ne pas capter la référence. C'est Juliette qui vient à notre rescousse en nous expliquant l'expérience menée par le psychologue Frederic Skinner dans les années 1930.

1 **Première expérience**
La souris doit activer un levier pour recevoir des croquettes. Elle reçoit toujours la même dose à la même fréquence.

**Résultat**
Peu à peu, la souris comprend le fonctionnement et active le levier de moins en moins souvent, uniquement quand elle a faim.

2 **Deuxième expérience**
Le nombre de croquettes et leur fréquence sont modifiés de manière aléatoire. Quand la souris appuie sur le levier, il y a parfois beaucoup de croquettes, parfois pas du tout.

**Résultat**
Ne sachant quand va tomber la récompense, la souris active frénétiquement le levier.

**Conclusion**
Skinner a mis au jour le système de récompense aléatoire : au lieu de décourager, l'incertitude produit un réflexe qui se transforme en addiction.

Les casinos vont utiliser cette méthode pour les machines à sous.

Le joueur active la manivelle et trois cerises s'alignent pour qu'il touche le jackpot… ou pas. Il active aussi un levier sans savoir à l'avance ce qu'il va gagner, ce qui le pousse à recommencer, encore et encore.

C'est exactement le même système avec les réseaux sociaux.

Ce sont les likes et autres commentaires qui font office de récompense. Comme la souris dans sa cage qui espère obtenir des croquettes, l'utilisateur relance l'application pour la vingtième fois afin de voir s'il a reçu une nouvelle interaction.

Sur la plus haute des passerelles, GRIMM présente le dernier groupe.

– Quant à l'équipe verte, Farouk et les arabophones cherchent à rendre le jeu plus écolo et subtil. On est en contact avec une société au Portugal qui alimente ses serveurs à l'énergie solaire pour réduire l'empreinte carbone. Et on bosse aussi sur un algorithme qui favoriserait la curiosité en allant chercher des infos de gens qui pensent différemment ou qui viennent d'autres cultures, au lieu de toujours balancer du contenu en fonction de ce qu'on aime et des idées auxquelles on adhère. Farouk a proposé une option «feu d'artifice» qu'un joueur activerait quand il aurait envie d'être surpris dans ses goûts et ses opinions. Des avatars qu'il n'aurait jamais pensé suivre lui seraient alors suggérés, à l'inverse de ses réflexes habituels.

– Faudrait le proposer aux fans du cosmonaute et de son émoji de vomi... je suggère.

– Yes, c'est hot, ça ! réagit Ganesh en applaudissant.

À la fin de sa présentation, je m'aperçois que GRIMM a parlé de tout le monde, sauf de lui. Son silence et ce mystère autour de son identité m'intriguent. Comment est-il arrivé dans ce camp rebelle en pleine forêt anglaise ? Je crains qu'on ne passe à un autre sujet alors je demande, trop précipitamment pour masquer ma curiosité :

– Et toi ?

Le pirate tourne la tête vers moi, étonné. Comme je soutiens son regard, il finit par lâcher :

– Moi, j'étais largué. J'aurais mal tourné si Ganesh ne m'avait pas fait venir dans ce camp, avec tous les autres, pour qu'on mette en commun nos talents.

Largué comment ? Par qui ? Mais GRIMM ne semble pas vouloir en dire plus. Sentant ma frustration, il laisse passer un silence avant d'ajouter :

– J'aimais jouer. Trop. Comme toi.

Il darde alors son regard sur moi, et je sens mes joues s'enflammer.

– Bref, reprend GRIMM, nous, on s'occupe de proposer un jeu qui respecte la liberté de chaque joueur. Ce qu'on vous demande, c'est juste une bonne idée, une idée simple et originale pour donner envie au public de continuer à jouer la partie avec nous. Voilà, t'en penses quoi, Alex ?

L'aventure que me propose GRIMM s'annonce beaucoup plus excitante que tout ce que j'ai toujours connu. Mais puis-je lui faire confiance ? Son équipe a quand même piraté illégalement le jeu et volé toutes mes informations personnelles. Je ne suis pas stupide, je ne pensais pas que mes données allaient disparaître dans un trou et tomber dans l'oubli. L'Internet n'efface jamais rien. Mais j'avais l'impression de laisser mes affaires confidentielles dans un coffre, un disque dur stocké parmi des milliards d'autres disques dans un data-serveur obscur que personne ne trouverait jamais. Sauf que mon coffre a été braqué, comme il dit. S'emparer des

..??Se méfier ???

informations contenues dans mon téléphone, c'est comme voler la boîte noire de mon cerveau.

– C'est dégueulasse d'avoir volé toutes les données du NƎB ! dis-je nerveusement.

– On l'a fait uniquement pour dénoncer la manipulation de tout un système qui rapporte des milliards et se fout de nos libertés, me répond GRIMM, sans se démonter. On a déjà supprimé toutes les données de nos serveurs. Jamais on ne gardera d'infos perso sur qui que ce soit !

Le pire, c'est qu'il a l'air sincère. Je ne sais pas quoi faire… Je me sens isolée dans ce camp, mais je ne vais pas pleurer sur mon sort : j'ai appris tôt à me débrouiller toute seule. Même risquée, l'aventure m'attire bien plus que le lycée. On me gâche la vie en cherchant à me l'expliquer. Moi, je veux passer à l'action, tout de suite.

– OK, dis-je simplement, avec une telle détermination que ça n'appelle aucun développement.

Ayant tous les trois accepté d'être filmés pour la finale, les pirates nous accordent une pause. Une équipe met en place des caméras au fond de l'entrepôt pendant qu'on s'installe avec Amadou et Ronan au bout de la table pour le petit-déjeuner. J'interroge les deux autres joueurs dès qu'on se retrouve seuls :

– Vous avez passé la nuit dans l'usine, vous aussi ?

– J'ai pas fermé l'œil, confie Amadou. D'habitude, quand j'ai du mal à dormir, j'allume mon téléphone. Mais cette nuit, je ne l'avais pas. Ils ont pris le vôtre, aussi ?

– Ouais, ça me fout la rage, lâche Ronan.

– Idem, je dis, sans rentrer dans les détails, pour ne pas passer pour une gamine à qui son père confisque son téléphone.

On se dévisage, curieux de se rencontrer, mais sans trop savoir quoi se dire. Je ne mange qu'un bonbon à la menthe. Le stress me coupe l'appétit. Ronan s'empiffre de croissants et Amadou se contente d'une tartine.

– C'est cool de pouvoir parler sans être assaillis d'émojis… je bredouille.

– C'est clair ! répondent-ils en même temps, mais je les sens sur la défensive.

On reste des concurrents.

– Vous codez, aussi ? nous demande Amadou.

– Ouais, un peu… réagit sans enthousiasme Ronan, avec un air faux, comme s'il masquait son jeu.

Je fais non de la tête. Je ne connais rien au monde informatique, mais je m'en fiche. Ça ne m'empêchera pas de gagner. Je dois juste rester concentrée, à l'affût. J'ai l'habitude de tout observer, de réfléchir très vite et de m'adapter. Trois établissements scolaires différents depuis la sixième, une dizaine de voyages quand j'étais enfant, des heures à me débrouiller seule sur les chantiers quand mon père était accaparé par les questions des autres chercheurs et ses calculs.

– Je suis trop dégoûté qu'ils relancent le jeu, reprend Amadou. Fallait laisser l'écran noir, c'était beaucoup plus fort comme message !

– T'es un malade, toi, t'as pas envie de gagner ? s'étonne Ronan.

– Si, mais ce que je voulais surtout en venant

ici, c'était rencontrer mes idoles. GRIMM et DARKVADOR, ce sont des célébrités dans le milieu des hackers ! On se doutait tous que c'était eux, les principaux suspects. ROMA aussi, je serais trop fier de le croiser. Il fait partie de leur équipe, il paraît. Une tuerie, ce mec. C'est lui qui a piraté les comptes ultrasécurisés du…

– J'm'en fous des pirates, moi ! Ce que j'veux, c'est gagner, le coupe Ronan. Tout le monde rêve de devenir riche et célèbre, non ?

Les deux garçons se tournent alors vers moi pour connaître mes motivations. Oui, j'ai envie de gagner, mais je ne suis pas là pour la gloire. Ni pour les pirates. Je ne sais pas, en fait, pourquoi je suis là. Comme toujours, je cherche…

– J'aurais jamais pensé que t'étais une fille.

Ronan se met à ricaner, suivi d'Amadou. Ça me met mal à l'aise. J'aimerais dire quelque chose, mais rien ne vient. Je me sens honteuse, comme si je valais moins qu'eux et que ma place n'était pas en finale. C'est alors que Juliette s'immisce dans notre discussion. Elle se plante devant Ronan et Amadou.

– Si vous voulez aller à la toilette, c'est cette porte grise. Et mon pseudo à moi, c'est ROMA.

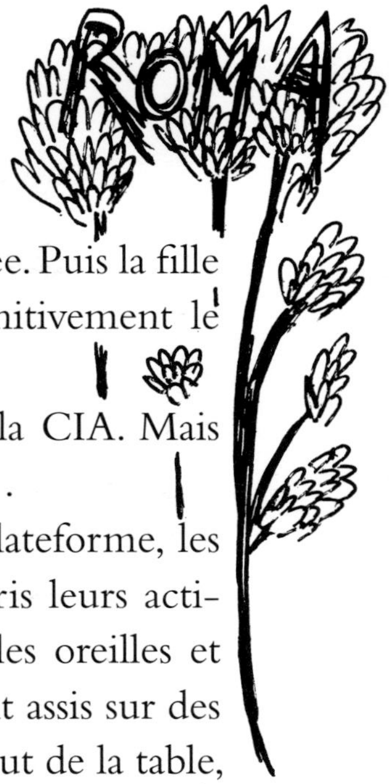


Les deux gars en restent bouche bée. Puis la fille aux cheveux rouges leur cloue définitivement le bec en lâchant, l'air de rien :

– Un jeu d'enfant, le serveur de la CIA. Mais bon, pas sûr que vous ayez le niveau…

Je jubile intérieurement. Sur la plateforme, les pirates qui nous observaient ont repris leurs activités. La plupart ont un casque sur les oreilles et leur ordinateur sur les genoux, ils sont assis sur des tuyaux ou à même le sol. À l'autre bout de la table, GRIMM et Ganesh ne nous lâchent pas du regard. J'ai l'habitude d'être observée par les autres élèves, mais le regard de GRIMM soulève en moi une étrange sensation. Il est plus âgé, c'est un pirate, un hors-la-loi, il a l'air d'avoir dû se débrouiller tout seul, lui aussi. J'ai envie de le connaître. Comment est-il arrivé dans ce camp, et pourquoi ? Que pense-t-il de moi ? Ça m'obsède. C'est la première fois que je me sens curieuse à ce point de quelqu'un, que je ressens le besoin de me rapprocher de lui, de capter son regard. J'aimerais être transparente pour me faufiler dans son cerveau et avoir accès à ses pensées secrètes, et ça me démange aussi d'être hyper visible, au contraire, pour devenir le centre de son attention.

Le plan des pirates est simple : filmer ce matin une séquence avec les trois finalistes pour révéler leur identité et la diffuser en direct sur l'interface du jeu afin de faire grandir l'audience jusqu'au moment du vote, à 20 heures. Puis embarquer le public dans l'aventure du N∃B 2 en défendant cette conception du numérique : développer la technologie pour rendre le monde plus libre et non pas pour générer un maximum de profits.

Tandis que Ganesh nous accompagne au fond de l'entrepôt, là où va être filmée la séquence, GRIMM enfile une fausse moustache et une paire de lunettes de soleil, le modèle rond et jaune des hippies. Puis, comme s'il n'était pas assez ridicule, il ajoute un bandeau de pirate dans ses cheveux. Impossible avec ce déguisement que les instances de lutte contre la cybercriminalité identifient son visage à l'écran.

Deux caméras filment l'espace au fond de l'entrepôt où les pirates nous ont installés pour la session « révélations » menée, donc, par un GRIMM grimé. Avec Amadou et Ronan, nous sommes assis sur des bobines de chantier, devant un écran géant. La zone est plongée dans le noir. Puis un spot éclaire soudain le visage de GRIMM qui se met à parler fort, face caméra, pour s'adresser aux internautes qui suivent la séquence en live. J'ai tout juste le temps d'apercevoir l'audience s'afficher en haut de l'écran.

Vous êtes actuellement
200 123 spectateurs connectés

– Salut tout le monde ! s'exclame GRIMM. Bienvenue, ou plutôt… bon retour dans le **N3B** ! Désolé pour l'écran noir, mais on devait chasser les rapaces pour pouvoir jouer tranquille. Vous avez dû entendre plein de conneries sur nous, sur l'illégalité du piratage, tout ça. Ouais, on a dû employer des moyens illégaux, parce que personne ne voulait nous entendre autrement. Mais quand nos données numériques sont volées et exploitées, ça devient légitime de réagir, non ? Avec nous, aucune de vos données ne sera collectée sur nos serveurs et on mettra l'algorithme du jeu en libre accès. Comme promis, vous allez maintenant découvrir l'identité des trois finalistes ! Car ils sont avec moi. Juste là !

Un spot nous braque en plein visage au moment où GRIMM élève la voix.

– ALEX, AMADOU, RONAN, NOS TROIS FINALISTES ! Vous pouvez les applaudir derrière vos écrans, car ils nous ont tous bluffés dans le N∃B avec les avatars d'ALEX, de HUCK★!★ et de SANDRA22.

Je prends soudain peur. Double J et des élèves de mon lycée suivent-ils en direct la reprise de la partie ? Mon père pourrait-il apprendre par les médias que je continue à jouer ? Cela me perturbe et me stresse d'être filmée. Mal à l'aise, je tire sur le bas de mon pull pour couvrir mes cuisses et je ne chasse pas les boucles brunes devant mon visage.

– Allez, on veut tout savoir sur vous ! s'exclame GRIMM. Honneur aux filles, on va commencer par toi, Alex.

Mon avatar surgit en gros plan sur l'écran. Je me raidis, inquiète de ce que je vais découvrir.

– Bon, continue GRIMM, comme vous pouvez le voir, Alex aux cheveux d'argent est donc

Alexandra aux cheveux corbeau. Elle vit en région parisienne avec son père dans un pavillon de banlieue, fille unique, seize ans et demi.

Une photo de mon père et moi, prise sur un site de fouilles, s'affiche à côté de mon avatar. En ayant accès à toutes mes données, les pirates ont évidemment récupéré les photos de mon téléphone. En colère de découvrir ma vie étalée devant des inconnus, je me lève en pointant l'écran du doigt :

– Hé, vous deviez supprimer toutes les données volées !

– On n'a pas volé cette photo, Alex. Tu l'as publiée toi-même avec l'audience « publique » sur un réseau social fréquenté par deux milliards d'utilisateurs.

Je me rassois, vexée, prête à ne plus rien laisser passer.

– Temps d'utilisation de ton téléphone et d'Internet dans la moyenne de celle de ton âge, aucun site illicite visité, pas de piratage constaté, rien d'anormal, quoi. Jusqu'à ton inscription au NƎB. On observe alors une augmentation soudaine de ton temps d'écran, et une requête récurrente des mots « NƎB, classement, joueurs ».

Je me tasse sur mon siège.

– Durant les semaines qui suivent ton inscription au jeu, ton application de compteur de pas révèle une diminution drastique de ton temps de marche. Ton temps passé devant l'écran, en revanche, explose. Les relations avec ton père se dégradent et…

– C'est ma vie privée ! je m'écrie.

Réalisant qu'il s'apprêtait cette fois à franchir la ligne rouge et à dévoiler des informations issues de données volées, GRIMM semble un bref instant désarçonné.

– C'était juste pour apprendre à te connaître, on ne dévoilera plus rien de perso sans ton accord, promis… s'excuse-t-il d'une voix plus douce, avant de reprendre son ton de leader.

– OK, on s'en tient donc au jeu. Dans le **NƎB**, Alex, tu te fais assez vite remarquer par ta dextérité à éviter les tirs, puis avec ton idée de « Nouvel Espace Bizarre » qui fait un carton dans les pays francophones. Tu veux ajouter quelque chose ?

Je le mitraille du regard pour masquer mon trouble. Ça me démange de cliquer pour effacer la partie, et recommencer avec un autre avatar. Mais c'est le monde réel. Alors je serre les dents, et je reste aux aguets. Je ne sais pas quoi dire devant la caméra, et je suis encore surprise que GRIMM se soit excusé spontanément sans divulguer des choses intimes sur moi.

– Bon, passons à SANDRA22, enchaîne-t-il pour mettre fin à mon silence.

Je suis soulagée de ne plus être sur le gril.

– Ma chère Sandra, tu t'appelles donc Ronan.

Je sens l'ado robuste à ma droite s'agiter sur sa chaise.

– Tu as dix-sept ans et tu vis dans les Côtes-d'Armor, tes parents ont divorcé il y a deux ans, garde partagée, mais tu passes l'essentiel de ton temps chez ton père. Et ta sœur, chez ta mère. Voici une photo de ta famille avant le divorce. Et après.

Le clan a l'air de s'être fissuré. Les traits du visage du père se sont durcis, la mère est devenue pâle et maigrichonne. Les deux enfants ne sourient plus.

– Je précise que tu as également publié toutes ces infos sur tes réseaux sociaux avec l'audience « publique », souligne cette fois GRIMM.

J'évite de regarder l'audience monter pour ne pas stresser.

– Ronan, continue le pirate, tu as un parcours plutôt atypique pour un génie précoce de l'informatique. Tu reçois en cadeau ta première console de jeux à quatre ans et tu n'as plus cessé ensuite de jouer et de coder. Mais ton environnement familial – tes parents tiennent une exploitation de production laitière – ne met pas en lumière tes compétences. Personne ne détecte tes dons. Tu t'orientes vers un BEPA (Brevet d'études professionnelles agricoles), tout en développant en secret ta passion. Contrairement à Alex, aucune augmentation brusque de ton temps d'écran après ton inscription au **NƎB**, il est depuis toujours stable et élevé : tu y consacres tout ton temps libre depuis que tu es enfant, plusieurs heures par jour et par nuit. Après le divorce de tes parents, tu délaisses l'informatique pour les réseaux sociaux. Sur tes comptes, on peut suivre ta vie heure par heure. Dès que tu te déplaces quelque part, que ce soit en cours, en ville ou chez un copain, tu prends un selfie. Tu réalises une courte vidéo chaque jour : avec la préparation, le montage et les réponses aux commentaires, chaque vidéo nécessite environ deux heures de travail quotidien. Sur le **NƎB**, tu crées l'avatar SANDRA22, la joueuse si touchante atteinte d'un cancer du sein.

Cette fois, c'est Ronan qui se tasse sur son siège. Dès que j'ai vu les deux joueurs, j'ai été dégoûtée de découvrir que c'était un garçon qui avait tout inventé… Se faire passer pour une jeune malade afin de récupérer des likes, c'est vraiment minable.

GRIMM reprend son exposé.

– Pas très difficile de trouver comment tu as eu l'idée de ce pseudo : Sandra est le prénom de ta petite sœur et le département des Côtes-d'Armor a le code 22. Quant au reste, tout s'étale sur tes réseaux sociaux. Il suffit de cinq minutes pour parcourir en accéléré les événements de ta vie ces dernières années : le cancer du sein de ta mère et sa chimiothérapie, le couple de tes parents qui n'a pas survécu à l'épreuve de la maladie. Tu es resté avec ton père pour l'aider à entretenir l'exploitation agricole. Ta mère s'est installée avec ta sœur dans un appartement en centre-ville, près de l'hôpital où elle doit se rendre régulièrement pour traiter la récidive de son cancer.

J'ose à peine regarder Ronan. Il n'a pas dit un mot depuis le début de sa présentation, mais je le sens très ému, sa main tremblote.

BEN
RONAN
BZH
BZH
breizh
LAIT
LAIT
LAIT
LAIT
LAIT
LAIT

Cancer
Quand c'est
CANCER
QUAND ÇA serre
SERRE
J'ai MAL
MAL MAL MAL MAL MAL
MÂLE
MAL MAL MAL MAL MAL
MAL MAL MAL MAL
le MAL de MER
A
MAL MAL L

GRIMM se tourne ensuite vers le troisième joueur.

– Quant à toi, le *number one*, tu n'es donc pas Huckleberry Finn, le héros de ton roman préféré. Tu n'as pas grandi sur les rives du Mississippi, Amadou, mais dans un village près de Yaoundé, au Cameroun.

Amadou affiche un visage impassible.

– Tu découvres ton premier ordinateur tardivement, à douze ans, mais c'est une révélation. Tu passes tout ton temps libre à apprendre le codage et à échanger avec des mentors aux quatre coins du monde. Ta famille ayant peu de moyens, tu t'entraînes sur l'ordinateur de ton père, une vieille machine avec seulement trois gigabits de RAM. Tu deviens le premier Africain à remporter à seize ans le concours annuel organisé par un mastodonte de la tech afin de dénicher les talents informatiques de demain. Malgré les offres lucratives qu'on te propose, tu refuses de quitter ta terre natale pour vivre le rêve américain. Aucun compte à ton nom sur les réseaux sociaux. Tu sais parfaitement brouiller les pistes et effacer tes traces, et tu es celui qui nous a demandé le plus d'heures de recherche. On a fini par trouver la dizaine de comptes très actifs que tu utilises sous tes pseudonymes. Tu t'inscris au NƎB pour te divertir entre deux piratages (tu ne prends jamais d'argent, ton but est de révéler à tes victimes les failles de leur système informatique). Et tu deviens avec une facilité déconcertante l'un des meilleurs joueurs du monde.

L'ado à ma gauche, à la bouille d'enfant charmante, n'a pas bougé d'un cil.

Dix Moi
10 10
10 10
Moi Mo
Dix Moi
Moi Dix
Ni Moi
10
Moi
Moi Dis Moi
Nic Moi

DOU
GENIUS
LA FAMILLE
Ni
J'ai ni
Je nie
GÉNie
CAMEROUN
CAMEROUN

GRIMM conclut sa présentation en fixant la caméra :

– À 19 heures, les trois finalistes livreront leur vision du N∃B 2. Vous aurez deux heures pour voter pour votre proposition préférée. N'hésitez pas à partager l'info en cliquant sur le drapeau de pirates qui s'affiche en bas de l'écran et rendez-vous ce soir, en live !

Un halo de lumière nous éblouit lorsque l'entrepôt s'éclaire de nouveau à la fin de la séquence.

Vous êtes actuellement
803 566 spectateurs connectés

– Ils étaient 690 000 il y a un instant, ça monte de minute en minute ! se réjouit Juliette lorsque la caméra est coupée. GRIMM enlève sa moustache d'un coup sec.

– Ça gratte grave, ce truc !

– T'sais, y se donnent tous le mot, là. Sans compter ceux qui regarderont la séquence en replay, ajoute Ganesh.

Tandis que les pirates se réjouissent de l'audience, nous restons avec les deux autres joueurs un long moment sans rien dire, puis j'essaie de briser la glace.

– Je ne savais pas pour ta mère, je suis déso…

Ronan lève la main pour me faire taire.

– J'veux pas en parler, OK ?

Amadou fait comme s'il n'avait rien entendu. Il a toujours la même expression charmante, presque naïve. Je viens pourtant d'apprendre qu'il est un hacker de haut niveau. Il masque bien son jeu ! C'est déroutant de découvrir leur vraie vie, à Ronan et Amadou, jamais je n'aurais imaginé leur histoire en suivant juste leur avatar.

Durant l'heure suivante, chacun cogite sur le N3B 2. Les pirates nous ont donné un carnet pour noter nos idées, mais pas grand-chose ne vient… Ronan se ronge les ongles, Amadou garde les yeux fermés, on ne sait pas s'il dort ou s'il réfléchit. Et moi, je sèche. Nous voyant au point mort, Ganesh s'approche pour nous aider. On se regroupe près de lui, dépités et de plus en plus stressés à l'idée de perdre la finale.

– Pour imaginer une saison 2, il faut déjà connaître les règles de la première saison, non ? nous demande-t-il.

GRIMM s'approche à son tour et renchérit :

– Vous savez quel était le but du N3B ?

– Ben ouais… Tuer le plus d'avatars, affirme Ronan.

*? Le But du Jeu ???*

– Être la plus rapide, je réponds.

– … et le plus populaire, complète Amadou.

– Non, pas du tout, rétorque GRIMM.

Il laisse passer un moment, le temps de diffuser son effet, puis il lâche :

– Le but du jeu, c'était de capter l'attention des joueurs et des spectateurs pour la monétiser ensuite auprès d'annonceurs publicitaires.

– Ben ouais, évidemment ! lâche Amadou. On parlait du jeu là, pas de…

– On interdit aux enfants d'entrer dans un casino, enchaîne le pirate, pourtant ils peuvent rester des heures sur les réseaux sociaux.

– Ben ouais, c'est gratuit, intervient Ronan.

– Vous n'avez pas payé pour jouer au NƎB ?

– Ben non… murmure-t-on.

– Aucun joueur ni aucun spectateur n'a payé. Alors comment le jeu génère-t-il de l'argent ?

– Avec la pub, répond Ronan.

– Mais il n'y a pas de pub dans l'interface du jeu ! le contredit Amadou.

– C'est vrai, ça, j'ajoute.

– Il n'y a effectivement pas de spots de pubs comme à la télé, continue GRIMM. Ce que les concepteurs du NƎB ou des réseaux sociaux vendent aux annonceurs publicitaires, ce sont nos données : numéros de téléphone, mails, adresses postales, opinions politiques, religieuses, centres d'intérêt. C'est gratuit, car c'est nous le produit en vente !

– Crois-tu peut-être qu'ils ne savent pas tout ça ? l'interrompt Juliette. Allez, le dîner est servi !

– Quoi ? Mais il est à peine midi... je m'étonne, ignorant que les Belges appellent ainsi le déjeuner.

Tandis que GRIMM bondit sur la passerelle pour rejoindre la zone rouge, je repense au fichier zip avec la liste de trente-neuf annonceurs qui m'ont intégrée dans leur listing pour que je reçoive des publicités ciblées sur le dessin, les jeux vidéo, les bonbons à la menthe. Je me dirige vers la table en acier, quand j'aperçois un jeune pirate assis sur un rondin, au fond de la clairière. Cette silhouette légèrement voûtée qui porte un pull en laine rêche, un pantalon beige taché de terre, des baskets usées, j'ai vraiment l'impression de la reconnaître. Le garçon semble rester volontairement à l'écart des autres, je n'arrive pas à discerner son visage. Une exclamation de surprise s'échappe de ma bouche quand il se tourne enfin vers l'entrepôt.

– Ha ! Mais c'est... c'est...

Amadou et Ronan me fixent, étonnés, puis ils suivent tous les deux mon regard.

Ronan plisse les yeux. Avant de s'exclamer :

– Oh, la vache ! Tu crois vraiment que c'est lui ?

– C'est lui. J'en suis sûre, c'est lui !

Ma réaction fait sourire Amadou.

– On dirait que tu parles d'une star, me charrie-t-il.

– Tu te souviens de Christopher dans *La pyramide des besoins humains* ? je l'interroge.

– Non, c'est qui ?

Ronan lui fait un résumé express.

– Le candidat d'une émission de téléréalité. Il avait fugué à Londres, il est devenu super célèbre avant de disparaître. Pscht ! Personne l'a jamais retrouvé. T'es sûre que c'est lui, Alex ?

– C'est lui, j'te dis. C'est Christopher Scott !

– S'il vous plaît ! s'exclame Juliette pour recentrer notre attention sur le repas.

Comme ce matin, on prend place au bout de la table, là où sont réunis les francophones. Juliette nous sert une mitraillette (un sandwich de viande et de frites). J'aimerais interroger Ganesh sur Christopher Scott, cela me démange de savoir si c'est bien lui que je viens d'apercevoir sur le rondin, mais la présence d'autres pirates que je ne connais pas m'intimide.

– C'est pas un hasard si vous parlez français tous les trois, là, nous explique Ganesh. C'était un de nos critères pour sélectionner les joueurs qu'on contacterait en secret.

– Pourquoi ? demande Amadou.

– D'abord, pour que vous puissiez jaser entre vous. Pis, l'français, c'est la langue d'la Révolution française, ça nous semblait un symbole fort pour lancer notre propre révolution, t'sais. Faut bin résister aux Big Five !

Ils parlent tous le même langage, ils ont les mêmes codes. Je me sens larguée. Seule Juliette paraît remarquer mon malaise. Et le mal que je me donne pour le masquer, car je ne veux pas me laisser distancer ou juger. Elle me montre discrètement un texte sur l'écran de son téléphone.

Les « Big Five », appelés aussi les « GAFAM », désignent les cinq entreprises américaines du secteur de la technologie les plus populaires et cotées en Bourse : Google, Apple, Facebook, Amazon et Microsoft.

– Allez, force obscure du NƎB, saison 2 ! s'esclaffe GRIMM en s'asseyant près de moi.

On ne prend même pas la peine de rire à sa blague pourrie.

– Ce n'est pas drôle ? On va arrêter de jouer alors, et je vais vous parler franchement : il n'y avait pas que le français ou votre score dans le NƎB que l'on a pris en compte avant de vous contacter. Il y avait un autre critère, qui risque de ne pas vous plaire…

Il n'attend pas notre relance pour poursuivre.

– À l'heure actuelle, quatre pathologies mentales liées au numérique font consensus. On voulait avoir dans l'équipe un représentant de chaque pathologie.

– Dommage, on est trois… bougonne Ronan.

– C'est vrai, je vous expliquerai pourquoi. La

première pathologie, balance GRIMM tout en aspergeant sa mitraillette de mayonnaise, c'est le syndrome d'anxiété. Le malade qui en souffre éprouve un besoin incontrôlable d'étaler sa vie sur les réseaux sociaux. Il cherche sans cesse ce qu'il pourrait publier en ligne pour attirer l'attention et augmenter son quota de réactions, abordant des sujets de plus en plus intimes ou polémiques.

On lorgne tous Ronan, qui affiche une expression étrange. Son visage s'est crispé de colère, mais son regard semble fragile et embué. Il ne paraît pas prêt à parler, alors GRIMM enchaîne.

– Deuxième pathologie : la schizophrénie de profil. Cette fois, le malade qui en souffre jongle avec différentes identités sur les réseaux sociaux. C'est plus fort que lui, il a tellement besoin d'exister en ligne qu'il multiplie les comptes et les profils, jusqu'à ne plus savoir qui il est. Il n'arrive plus à distinguer sa propre personnalité de celles qu'il a créées.

– C'est moi ! s'exclame Amadou en levant la main avec un tel naturel qu'on éclate tous de rire.

GRIMM aussi se marre, puis redevient sérieux.

– Troisième pathologie : l'athazagoraphobie. Sous ce nom barbare se cache la peur d'être ignoré. Si

le malade ne peut pas se connecter, il se sent abandonné. Il garde en permanence son téléphone dans sa main, comme un doudou, et a toujours peur de l'oublier, car il redoute qu'on l'oublie lui.

Mes épaules se sont repliées. Je sens bien qu'ils attendent ma réaction. Je suis à deux doigts de quitter la table, vexée, quand je croise le regard de GRIMM qui me fait chavirer. Alors je me fais violence pour lâcher :

– Évidemment, j'hérite du truc le plus chelou…

Ça fait rire tout le monde, moi y compris.

– Et le quatrième ? demande Ronan.

– Oui, c'est vrai, je m'empresse d'ajouter pour détourner l'attention de mon cas. Vous avez dit qu'il y avait quatre pathologies. Pourquoi on n'est que trois ?

– La quatrième pathologie, c'est l'assombrissement. Le malade recherche des nouvelles sur le web de personnes qu'il ne voit plus dans la vie réelle, puis il devient obsessionnel et commence à espionner ses contacts virtuels. Il piste leurs traces, jamais rassasié, et finit par sombrer dans la dépression. Le joueur XINBBB n'était pas en état de faire le déplacement jusqu'ici.

Cette information jette un froid.

– Lâchez pas la patate, vous autres! s'écrie Ganesh, avec son accent savoureux. C'est pas facile d'entendre tout ce qu'on a à vous dire, mais vous êtes des champions, faut pas vous décourager.

– P'tain, c'est plombant, votre truc…, lâche Ronan en balançant son soda par terre. J'ai que dix-sept ans, on peut pas me laisser jouer tranquille?

– OK, vous êtes jeunes, tente de le calmer GRIMM. Comme nous… À part ce papi de Ganesh qui a vingt-quatre ans, on a tous moins de vingt ans ici. Et ce n'est pas un hasard. Votre âge, c'était le dernier des critères pour vous sélectionner. Un des monstres du web a eu cette formule pour résumer leur stratégie: «Ne plus améliorer le service pour les gens les plus vieux, mais faire des jeunes adultes notre étoile du Berger.» C'est notre génération qui est visée: c'est elle, leur cœur de cible. Et on ne va pas les laisser nous tirer comme du gibier!

# LES PERLES

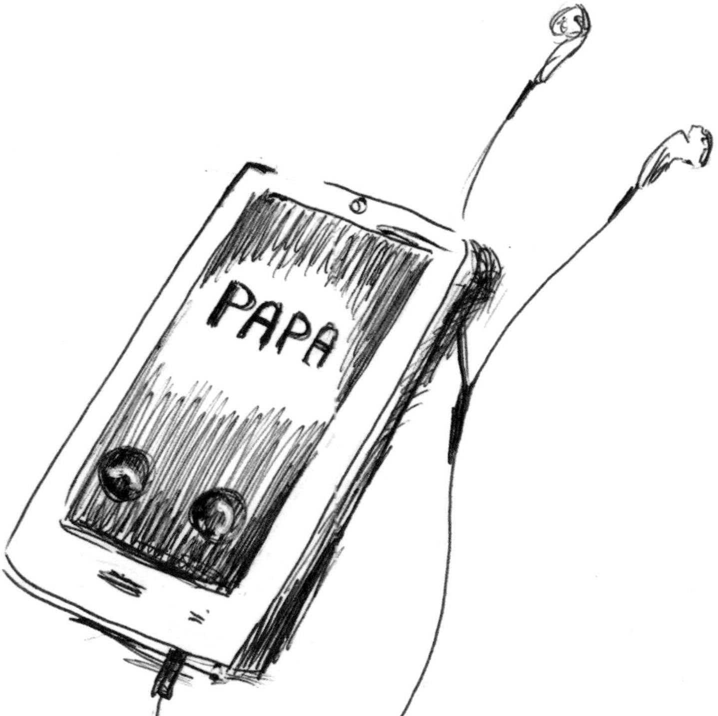
PAPA

C'est mon père qui m'a offert mon téléphone quand je suis entrée au collège. Il voulait pouvoir me joindre au cas où j'aurais un problème. J'étais tellement excitée ! J'allais enfin avoir plus de liberté. Mais je me suis sentie tenue en laisse, en réalité. Parce qu'il passait son temps à me surveiller et à me reprocher de rester collée devant l'écran.

Si ma mère avait été là, peut-être que mon père aurait été moins étouffant. Il a trop peur que je manque de quelque chose, alors il se mêle de tout. Mes angoisses le mettent mal à l'aise, il ne sait pas quoi faire pour m'aider. Je vois bien qu'il se donne du mal pour moi, mais je préférerais qu'il me laisse avoir mal, parfois.

Mon père, à part pour ma vie, j'ai l'impression qu'il n'a peur de rien, lui. Il a déjà fait le tour du monde pour ses recherches archéologiques, il a dormi dans des trains de marchandises, des bidonvilles, en plein cœur du désert, et il connaît toute l'histoire de l'humanité.

Je ne lui arrive pas à la cheville.

– Alex, t'es avec nous ?

GRIMM interrompt ma rêverie. Je frémis en sentant son visage s'approcher du mien. Cela fait un bon quart d'heure qu'on a fini de manger et que la discussion autour de la table a dérivé du piratage aux patrons de la Silicon Valley.

– J'sais bien que les *big boss* du numérique interdisent les écrans à leurs enfants, pavane Ronan. Ils suivent la règle d'or du trafiquant de drogue : ne jamais consommer sa propre came.

J'essaie de visualiser à quoi ressemblerait un dealer du web, quand GRIMM me fait sursauter en prenant mon voisin de gauche à partie.

– Ronan, pourquoi est-ce que, après avoir publié une vidéo, tu consultes vingt fois ton téléphone ?

– Ben, pour voir si quelqu'un a réagi à la vidéo !

– OK, mais pourquoi vingt fois ?

– …

– Parce qu'à chaque fois c'est comme si une petite cloche sonnait dans ton cerveau : « Bravo ! T'as gagné une nouvelle réaction ! » Et quand on

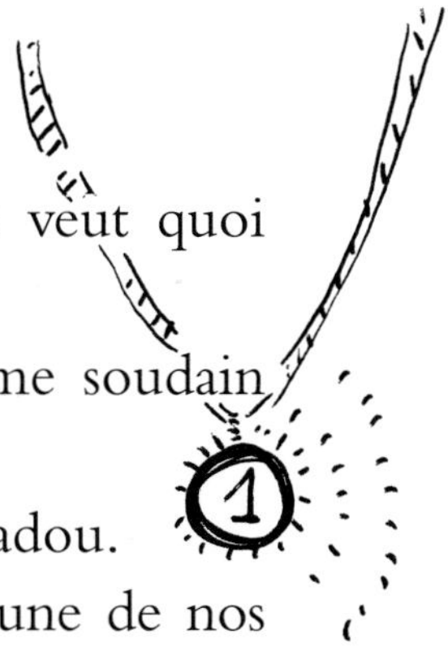

décroche une médaille de bronze, on veut quoi ensuite ?

– La médaille d'argent, je m'exclame soudain pour rester dans le coup.

– Puis la médaille d'or, embraie Amadou.

On est là pour jouer la finale, chacune de nos réactions est scrutée, alors on cherche tous à avoir le dernier mot en espérant marquer des points auprès des pirates.

– Ben ouais, lâche GRIMM, sauf que ça s'arrête pas là. Après, on essaie de battre le record du nombre de médailles. C'est infini : à partir du moment où on cherche à obtenir une réaction sur les réseaux sociaux, on en voudra plus, toujours plus.

– On est accros au N∃B et aux réseaux sociaux, et alors ? s'emporte Ronan. Si ça nous fait plaisir, que ça nous rend heureux, c'est quoi le problème ?

C'est ce que je n'arrêtais pas de dire à mon père. Alors je soutiens Ronan en hochant la tête.

– Le problème, lui répond GRIMM, c'est que tu confonds le plaisir et le bonheur.

– Pfft ! Ça va nous aider à gagner, ça ? lui rétorque le joueur breton.

– Vas-y, laisse-le terminer. T'es pénible, toi ! le tance Amadou.

Tout le monde est de plus en plus nerveux à l'approche de la dernière épreuve. Je n'arrête pas de penser au jeu que je vais devoir inventer. Mais ça m'interpelle, ce que raconte GRIMM, car c'est exactement ce que j'ai ressenti dans le N∃B : j'adorais jouer, pourtant ça ne me rendait pas heureuse. Je me sentais même malheureuse dès que je me déconnectais.

– Ce n'est pas en cumulant les plaisirs qu'on se sent heureux, reprend GRIMM. On peut au contraire devenir très malheureux en étant accro au plaisir. Vous avez déjà entendu parler de la dopamine ?

– C'est l'hormone du plaisir, lâche Amadou.

GRIMM le dévisage, surpris.

– Tu sais ça, toi ?

– Ben ouais, j'ai un cerveau, moi aussi.

Ronan jubile qu'un des joueurs ait taclé le pirate prodige.

– OK. Donc tu dois savoir aussi que la sérotonine est la molécule du bonheur. Et que, contrairement à la dopamine, elle ne peut pas être activée par des substances comme le sucre, l'alcool ou la drogue. Il n'existe pas de pilule pour être heureux, hein ? nous demande-t-il.

On acquiesce.

– Donc ? nous relance GRIMM.

– Il est relou, lui, avec ses devinettes ! peste Ronan.

Mais Amadou et moi, on est à fond, à l'affût de tout ce qui pourrait nous aider à gagner.

– Si on peut provoquer le plaisir, et pas le bonheur, alors… tente de nous aiguiller GRIMM.

– Alors on peut vendre du plaisir ! je m'écrie. Le bonheur ne s'achète pas !

Tout le monde me dévisage, étonné de découvrir subitement mes pouvoirs magiques.

GRIMM me scrute avec intérêt. Son regard me trouble et j'ai encore envie de le surprendre. Alors, comme lui, je me mets à parler franchement, en osant confier ce que je ressens.

– J'avais du plaisir à jouer au NƎB, mais j'avais aussi envie de faire autre chose. Sauf qu'à chaque fois que je voulais me déconnecter le jeu me retenait en m'offrant un bonus ou en m'enlevant des points si j'interrompais la partie. Alors je jouais tout le temps et… c'était trop, comme si on me gavait. Si mon père n'intervenait pas, je restais connectée. Je ne pouvais plus me passer du jeu. J'aurais pu jouer toute ma vie dans un monde virtuel si mon père ne m'avait pas confisqué mon portable. J'étais accro, quoi !

Je n'ai pas l'habitude de me confier, mes joues se sont enflammées.

– Eh ouais, enchaîne GRIMM. La dépendance, ce n'est pas un effet secondaire, c'est le principal effet recherché ! Le but du jeu, comme je vous l'ai dit, c'est de nous retenir le plus longtemps possible dans la partie pour récolter un maximum d'informations sur nous. Plus on est accro à un jeu ou à un réseau social, plus on y passe du temps et plus on communique nos données personnelles : le type de contenus que l'on visionne indique nos goûts aux annonceurs publicitaires, si on aime les chiens, la science-fiction, les jeux vidéo... Nos commentaires révèlent nos opinions sur plein de sujets : est-ce qu'on croit en Dieu ? Est-ce qu'on se sent seul ? A-t-on une passion ou une phobie ? Notre vie est aspirée, décortiquée, revendue à un but lucratif. Le NƎB, ce n'est pas juste un divertissement, en tout cas pas un divertissement gratuit et anodin. Comme une drogue, il peut rendre accro et nous priver d'une part de notre liberté en nous volant non seulement nos données, mais aussi notre temps de vie.

GRIMM nous explique comment des applications et des algorithmes sont développés spécifiquement dans le but de nous rendre dépendants, en se basant sur le système de récompense aléatoire.

–Vous savez c'est quoi, le pire ? ajoute-t-il en se levant de table. L'excès de dopamine perturbe le cerveau, en réduisant notamment l'action de la sérotonine. Quand la zone du plaisir est trop sollicitée, celle du bonheur diminue. C'est pour ça qu'on ressent un vide après avoir passé un long moment sur Internet ou sur son portable. Une déprime planétaire risque bientôt de déferler sur les pays ultraconnectés. On doit réagir ! Et tout réinventer !

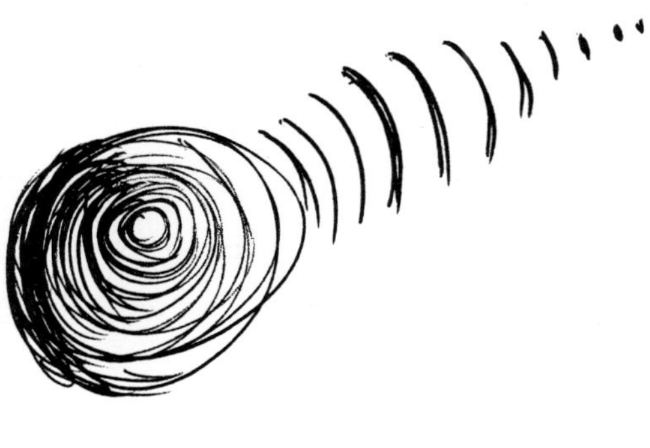

Tel un papillon d'or accroché aux branches, un mince rayon fait scintiller les feuilles des arbres lorsqu'on sort de l'entrepôt, à la fin du déjeuner. J'ai besoin de marcher pour digérer la masse d'informations reçues depuis mon arrivée dans ce camp.

À peine ai-je fait quelques pas que je tombe nez à nez avec GRIMM à l'arrière du bâtiment. Débarrassé de sa moustache, il s'apprête à plonger les mains dans un tonneau rempli d'eau de pluie.

– Ça va ? me demande-t-il en m'apercevant.

J'acquiesce en silence. Puis il asperge d'eau son visage, mouillant au passage le haut de son t-shirt. C'est la première fois qu'on se retrouve seuls. Terriblement curieuse, je saisis l'occasion pour l'interroger sur ce qui me démange depuis le matin.

– C'est quoi ton vrai prénom ?

Il paraît légèrement surpris, puis surjoue son rôle de pirate recherché par les autorités.

– Secret-défense.

– Pfft…

Je fais semblant de n'en avoir rien à faire, mais j'ai encore plus envie de savoir comment il s'appelle. Lui, ça a l'air de l'amuser.

– C'est si important, mon nom ?

– Si tu le caches, oui.

– Alors devine !

Il m'énerve à faire son malin.

– C'est ton avatar, GRIMM ?

– En quelque sorte… C'est mon nom de pirate. Il ne t'évoque rien ?

– Je suis fatiguée, j'ai pas envie de jouer aux devinettes.

Mais mon cerveau ne peut pas s'empêcher d'essayer de résoudre l'énigme. GRIMM, j'ai déjà vu ce nom quelque part.

– T'aimes les histoires ? me demande-t-il alors, en dénouant le bandeau dans ses cheveux.

Ses mèches blondes retombent sur son front.

– Quelles histoires ?

– Les histoires qu'on lit ou qu'on raconte.

Des mots me viennent spontanément à l'esprit. Histoires… GRIMM… Contes…

– Ah, le Petit Chaperon rouge ! je m'exclame. Les contes des frères Grimm !

Il éclate de rire.

– J'y avais même pas pensé !

– C'est pas ça ?

– Non.

Je le fixe d'un regard noir.

– Allez, fais pas cette tête, tu vas trouver. T'as jamais entendu parler de la Chose ?

– C'est un livre de Stephen King, non ?

– Ouais, mais c'est pas ça.

– Pffit…

– Benjamin Grimm, alias la Chose, ça te dit rien ? C'est un superhéros, l'un des fondateurs des Quatre Fantastiques.

Je ne connais pas et ça m'énerve.

– Bon, tu t'appelles Benjamin, c'est ça ?

– Non, toujours pas.

Je suis sur le point de le planter là quand il me lance :

– Allez, je te donne un indice : trois.

Je garde le silence.

– Trois lettres, précise-t-il.

Je fais mine d'être agacée, mais en réalité ça me plaît de me retrouver en tête-à-tête avec lui, sans Ronan et Amadou, et sans la caméra. Même si je doute de ses intentions : s'il fait durer le suspense, c'est pour s'amuser à me titiller et se moquer de moi, ou pour me retenir près de lui ?

Trois lettres, je pense tout de suite au **NƎB**.

– Je te dis mon prénom si tu fermes les yeux, finit-il par proposer.

Il fait un pas en avant, s'immobilise en dardant ses yeux bleus sur moi. Comme je ne recule pas, il se rapproche encore de moi, très lentement. Son mode de vie clandestin et le mystère de son prénom me troublent, je ne sais pas à qui j'ai affaire. Mais j'ai envie de prendre le risque. Je ferme les yeux.

– Mon vrai prénom, c'est…

Je peux sentir un courant d'air froid, puis son souffle chaud sur mon visage lorsqu'il ouvre ses lèvres pour me glisser la réponse. Sa voix chuchotée dessine alors trois lettres dans mon cerveau.

BEN

BEN
Ben
Ben
Ben
Ben
Ben
Ben
Ben Ben
Ben Ben
Ben

Le prénom qui vient de m'être révélé fait palpiter ma poitrine. Les mêmes lettres, mais inversées… Cela ne peut pas être un hasard.

BEN est-il le créateur du NƎB ? Il tirerait les ficelles depuis le début, brouillant les pistes en se faisant passer pour un hacker. Mais pourquoi aurait-il piraté son propre jeu et tué la poule aux œufs d'or ?

Après un moment d'étourdissement, je l'interroge en faisant un pas en arrière :

– C'est toi qui as conçu le NƎB ?

Sans son déguisement, il fait plus jeune, à peine dix-huit ans, peut-être vingt. Mais son regard est toujours aussi pénétrant et troublant.

– C'est moi qui ai soufflé le nom du jeu à Ganesh, à l'époque où il travaillait encore pour un studio de création. Puis il s'est barré, écœuré par les méthodes du studio qui ne s'intéressait qu'au fric.

– Ils t'ont piqué ton idée, alors ?

– Ils ont juste gardé le nom en changeant tout le reste.

– On ne se tirait pas dessus dans ton jeu ?

– Non… Les avatars devaient tout faire à l'envers : parler, marcher. Même pour s'aimer, ils…

Je détourne furtivement les yeux.

– … ils devaient se tourner autour, sans s'embrasser. Faire l'inverse de ce qu'ils feraient spontanément, quoi. Bon, c'était pas le jeu du siècle, mais j'étais dégoûté qu'ils gardent le nom. Alors j'ai eu l'idée du piratage et d'une finale où on inventerait nos propres règles.

Ses yeux bleus brillent. Nos deux corps se sont rapprochés pendant la discussion et, même si je me sens attirée par lui, ça me gêne qu'on soit si près. Je tire de nouveau sur mon pull pour recouvrir mes hanches. Sentant mon malaise, Ben recule discrètement en me faisant un léger sourire, craquant. Je ne veux pas qu'il s'en aille, mais j'ai besoin de temps pour comprendre ce que je ressens pour lui.

Je retourne seule à l'entrepôt, laissant Ben se changer et se défaire de ses accessoires. À mesure que j'approche du bâtiment, une silhouette familière se détache de la dizaine de personnes qui discutent devant l'entrée du bâtiment. Non, ce n'est pas possible ! Je rêve ou quoi ? Mon cœur se met à battre furieusement. Je ralentis, puis je m'immobilise. Son chapeau me saute aux yeux.

Je me mets à trembler. Je ne veux pas qu'il s'avance vers moi, je préférerais qu'il reste là-bas, dans un autre monde, qu'il me laisse le N∃B pour moi toute seule, j'avais enfin trouvé un espace à moi ! Et il va tout gâcher. Il s'élance vers moi dès qu'il m'aperçoit. Je recule instinctivement.

– Papa ?

Il a l'air complètement paniqué, en colère aussi, j'ai peur qu'il m'engueule, je me demande depuis quand il sait, comment il est arrivé jusqu'ici, je n'en reviens pas qu'il soit venu dans le camp pour me récupérer comme si j'étais une petite fille. C'est la honte ! Deux mondes qui n'auraient jamais dû se rencontrer se percutent et je me retrouve devant la scène accidentée en n'ayant qu'une envie : fuir.

Me voyant déstabilisée, Ganesh s'approche pour m'expliquer :

– C'est nous autres qui l'a contacté, Alex. Les familles sont invitées à la finale. Pour l'émotion et tout et tout, t'sais ?

Puis il croit bon d'ajouter, comme pour se justifier d'utiliser la corde sensible afin d'attirer le public :

– On sait bien comment ça fonctionne…

– J'ai été prévenu ce matin, Alex, s'empresse de dire mon père. Je suis monté dans le premier train pour Londres, puis une personne du N∃B m'a conduit en voiture jusqu'ici. Comment vas-tu ? Tu as dormi où cette nuit ? Ils ne t'ont pas forcée à jouer, dis-moi ? Oh, Alex !

Mon père a-t-il compris qu'il s'agit de pirates ? Il fait un pas vers moi, je lui tourne violemment le dos en hurlant :

– Fiche-moi la paix !

Sa présence ici me semble irréelle. J'ai besoin d'être seule pour réfléchir et comprendre ce qui m'arrive.

– Laisse-lui un peu d'air, dis, intervient Juliette en tutoyant mon père, à la belge. Elle doit se préparer pour la finale, tu la retrouveras tantôt.

– Alex, oh, Alex ! Regarde-moi quand même ! Tout va bien ?

Mon père tente encore de m'approcher, mais je pars rageusement dans la direction opposée. Ganesh lui suggère de m'attendre à l'intérieur de l'entrepôt, au chaud, j'en profite pour m'éloigner. J'entends mon père m'appeler, et Juliette me prévenir :

– Gaffe, Alex, ça va dracher !

Mais je continue à marcher, le cœur bouillonnant. Je sens une nausée monter. Je ne sais pas où aller ni ce que je vais faire, je veux juste qu'on me laisse tranquille, qu'on arrête de me prendre pour une gamine, qu'il n'y ait plus de mauvaise surprise. Arrivée au fond de la clairière, je remarque une silhouette de dos, dans la pénombre. Capuche sur la tête, carrure légèrement voûtée, baskets aux pieds… C'est lui, j'en suis sûre ! Une nervosité me saisit, je lance un regard vers l'entrepôt où mon père est toujours en grande discussion avec Ganesh et Juliette. Je ne peux plus les entendre, mais je peux encore les voir. Je parviens au niveau de la silhouette à capuche, je m'avance sans un bruit pour ne pas l'alerter de ma présence. Une brindille se brise sous mon pied, je me fige. Trop tard ! La silhouette a perçu le craquement et se retourne vers moi.

Oh là là ! J'en étais sûre.

C'est lui…

C'est Christopher Scott !

Je n'en reviens pas de le voir en vrai. À l'époque de l'émission *La pyramide des besoins humains*, il y a environ six ans, le nom de Christopher Scott était sur toutes les lèvres. Les médias ne parlaient que de lui et de ses aventures dans la rue. Jamais je n'aurais pensé le rencontrer un jour. Et le voilà devant moi, en chair et en os ! Il n'a plus l'air d'un adolescent chétif, perdu dans les entrailles de la ville. Son corps s'est musclé, même s'il reste élancé, et sa peau est légèrement brunie, tannée par le grand air. Quelque chose de doux se dégage de son regard, une certaine tendresse, qui se mêle à une expression plus dure, comme une blessure. Christopher semble se faire violence pour ne pas s'enfuir et me planter là. En même temps, on dirait qu'il m'attendait. Il n'a pas l'air surpris.

– Salut, Alex.

J'entends le son de sa voix pour la première fois.

Durant l'émission, les candidats publiaient en ligne des messages, sans être obligés de se montrer ou de parler. Parvenu en finale, Christopher avait été photographié, son visage avait été reproduit sur des t-shirts et des tasses, mais jamais sa voix n'avait été enregistrée. Son timbre cassé est plus grave que ce que j'aurais imaginé.

– Alors, tu survis ?

Sa question me prend au dépourvu. Intimidée, je ne réponds pas. Christopher sort une cigarette roulée de sa poche et l'allume, puis aspire plusieurs bouffées. Tout en surveillant l'activité devant l'entrepôt, il tente de me mettre à l'aise en se présentant.

– Il y a quelques années, j'ai participé à une émission de téléréalité.

– Je sais… je murmure. Je t'ai suivi à la télé. J'ai même voté pour toi.

– Ah ouais ? Les gens commentaient ma vie en racontant n'importe quoi. Même ceux qui me soutenaient, ils ne me connaissaient pas.

Je me mords les lèvres.

– Certains voulaient à tout prix que je gagne, d'autres m'insultaient. J'ai quitté l'émission. Et basta !

Une colère s'empare soudain de Christopher.

Une certaine violence, aussi. Il a accompagné son «basta» d'un geste brutal de la main, comme s'il coupait quelque chose. Affaire classée… semble-t-il signifier. Sauf que la blessure dans ses yeux a l'air de se rouvrir. J'hésite à l'interroger, de peur de raviver la douleur passée, mais j'ai tant de questions à lui poser ! Sur son aventure, sur le NƎB, sur sa présence dans ce camp… Je crains que mon père ne vienne me chercher jusqu'au bout de la clairière, j'ai peu de temps, alors je me lance :

– Tout le monde t'a cherché partout après *La pyramide* ! T'étais où ?

Christopher scrute les environs autour de nous pour s'assurer que personne ne nous observe. Il me fait signe de reculer de quelques pas pour qu'on se dissimule dans la pénombre d'un grand chêne. Puis il se décide à me répondre, avec la voix accidentée de quelqu'un qui se force à confier ce qu'il aurait préféré oublier.

– Un fan du jeu, qui s'était inscrit sous le pseudo de «Matt567», m'a aidé à fuir Londres. Son père était très riche, il avait plusieurs propriétés dans le monde, dont une villa en bord de mer, pas très loin d'ici, où il ne se rendait jamais. Il y avait une petite cabane au fond de la propriété. J'ai logé là-bas, le temps de reprendre des forces. À la fin du jeu, je n'avais plus d'énergie. Je venais de passer plusieurs mois à dormir sur le trottoir, sans cesse réveillé par des gens ivres à la sortie des bars et des boîtes de nuit, ou par des fous criant sans raison au milieu de la nuit ; j'avais besoin de calme et de nature. Une vie loin de l'insécurité qui m'avait traumatisé. J'étais perdu, aussi. Je ne savais plus qui j'étais : un simple pseudonyme ou…

La voix éraillée, Christopher fait une pause. Est-ce trop douloureux pour lui de continuer ? Des fantômes semblent caresser son corps en lui donnant la chair de poule. L'émotion fait trembloter ses mains. Il tire quelques bouffées sur sa cigarette avant de poursuivre.

– Ou un héros.

– Un héros ?

– Eh ouais, un héros ! confirme-t-il. Parce que… quand des millions de personnes votent pour toi…

Ses yeux noisette virent soudain au noir, une pensée orageuse doit lui traverser l'esprit. Le jeune homme baisse un moment les paupières. Lorsqu'il les rouvre, il se met à parler plus vite, plus fort, pour sortir d'une traite ce qui a l'air de le ronger depuis longtemps.

– Dans la cabane, j'ai voulu tout oublier. Mais je ne me doutais pas que, même loin de Londres, une chose continuerait à me relier à l'émission, à tout ce délire : Internet.

Je suis happée par les mots de Christopher. Est-ce son attitude, à la fois blessée et combative, ou bien ses confidences qui m'impressionnent ? Je suis surprise qu'il se livre à moi.

– Ça te gêne que je te dise tout ça ? demande-t-il, remarquant mon trouble. Tu sais, Alex, je te suis depuis le début du NƎB. Je n'ai pas voulu prendre connaissance des données que les autres ont récupérées dans ton portable ; pour moi, même s'ils les suppriment ensuite, c'est du vol. Mais je t'observe depuis ce matin et j'ai l'impression qu'on est un peu pareils, tous les deux : on essaie de faire bonne figure, on n'attire pas trop l'attention sur nous. Mais, au fond, on se sent terriblement seuls et on meurt d'envie que quelqu'un nous remarque.

Je suis touchée. Il a l'air tellement sincère, il met des mots sur ce que je ressens et que je n'ose pas avouer. Je lui souris timidement pour l'encourager à poursuivre.

– Au début, après *La pyramide*, je ne voulais plus entendre parler du jeu. Je me suis senti très seul après tous ces jours à vivre sous le regard du public. Un soir de cafard, j'ai jeté un œil sur les forums liés à l'émission, juste comme ça, pour voir si on pensait encore à moi. Le père de ce fan qui m'a aidé était un ponte de la Silicon Valley, il avait des ordinateurs dans toutes ses propriétés. C'était comme des cacahuètes pour lui. Alors j'ai récupéré un ordinateur portable et je me suis connecté pour passer le temps. Cela m'a fait un choc de découvrir mon nom, enfin mon pseudonyme, cité partout avec des commentaires récents comme si personne ne m'avait oublié ! J'ai été étonné d'apprendre toutes les histoires que les gens continuaient d'inventer pour expliquer ma disparition, mon aventure, mes problèmes familiaux. Tu dois savoir que mon père…

– Oui…

Son père le battait. Il l'avait révélé pendant l'émission, et sa situation avait ému les spectateurs. Je lance un regard furtif en direction du mien, de père, et la nausée me reprend. Christopher s'interrompt pour lorgner l'entrepôt, puis il me capte en train d'observer mon père. Cela semble le déstabiliser, j'ai peur qu'il s'en aille. Heureusement, il poursuit son récit.

– Peu à peu, je me suis mis à lire tout ce qui me

concernait. C'était devenu la première chose que je faisais au réveil : me connecter pour voir ce que les internautes racontaient sur moi. Je pouvais surfer des journées entières sur des forums, des réseaux sociaux, après m'être « googlisé ». Je ne faisais rien d'autre qu'errer sur Internet, les yeux happés par l'écran. J'étais hypnotisé. Alors, oui : parce que des centaines et des centaines de pages parlaient de moi, je me suis pris pour un héros.

Au fur et à mesure qu'il se confie, Christopher élève la voix, comme s'il parvenait enfin à assumer un épisode honteux de son existence.

– Un jour, les yeux tellement cernés par les pixels, j'ai décidé de tout déconnecter. Le père de…

Il semble hésiter sur le prénom.

– … de ce fan qui m'avait hébergé venait de mourir en laissant une fortune à son fils unique. Alors, lui et moi, on a eu l'idée de créer ce camp, puis des stages, pour réfléchir à tout ça : la dépendance, le mal-être que j'avais ressenti en passant autant de temps devant l'écran.

Christopher lève son regard vers moi, en me fixant intensément.

– Voilà. Je ne suis pas un super type. Je suis juste un ancien candidat d'une émission de téléréalité qui a failli perdre la tête en devenant virtuellement «populaire». Pour m'en sortir, j'ai eu besoin de comprendre. Alors j'espère que… tu comprendras aussi.

– Tu veux dire que je dois arrêter le jeu ? C'est trop dur, c'est ça ?

– Pas du tout. Personne n'a à te dire ce que tu dois faire ! C'est à toi de décider, Alex. J'essaie juste de t'expliquer pourquoi je suis là, alors que tout ça me dégoûte.

– Tu ne vas pas participer au NƎB 2 ?

– Jamais de la vie ! Plusieurs producteurs voudraient m'attirer dans des émissions idiotes… Du genre *La pyramide des besoins humains*, saison 2. Ils peuvent toujours rêver !

– Mais tu ne fais pas partie de l'équipe des pirates ?

– Non.

– Je ne comprends pas… C'est toi qui as créé ce camp, mais tu ne fais pas partie du NƎB ?

– C'est Ben qui a eu l'idée du NƎB, pas moi.

– Mais c'est qui, Ben ? C'est lui le fan qui t'a aidé ?

– Non. Celui qui m'a aidé, après l'émission, c'est…

Christopher jette un nouveau coup d'œil vers l'entrepôt avant de terminer sa phrase.

– C'est Ganesh.

Je laisse échapper un cri d'exclamation.

– Ganesh, c'est Matt567 ?

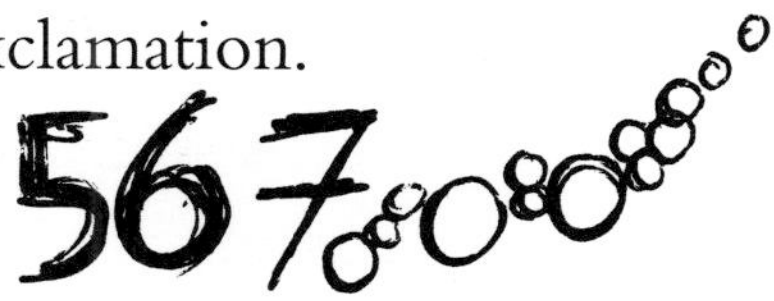


– Oui.

– Mais ils ont combien de pseudos, ici ?

– Tu as affaire à des pirates, Alex. Ils passent leur temps à masquer leur identité. Plein de rumeurs circulent sur Ganesh, surtout sur son pseudo DARK-VADOR, mais la plupart sont fausses. Il n'a jamais trafiqué ou piraté pour de l'argent. Au contraire, il cherche à réparer les dégâts causés par son père, qui s'est enrichi en lançant des applications lucratives, sans se soucier des conséquences sur la vie des utilisateurs.

– Et c'est lui qui a payé pour tout ça, dans le camp ? Il a dû toucher un héritage sympa…

– On peut dire ça, si tu estimes que 16 millions de dollars, c'est « sympa ».

– Oh, la vache… Et les autres, ce sont vraiment des pirates ?

– Il y a plein de profils dans le camp. Certains sont des repentis, ils ont commencé par développer des applications ou des algorithmes pour des réseaux sociaux, puis ils se sont aperçus des effets néfastes des nouvelles technologies et veulent désormais réparer ce qu'ils ont contribué à créer. D'autres ont toujours été des pirates, parfois malveillants, et ont choisi de rejoindre un collectif plus éthique, tout en restant dans l'ombre.

– Et Ben ?

– Oh, lui…

J'essaie de prendre un air détaché pour masquer mon intérêt particulier pour Ben. Je bous d'impatience de découvrir qui il est, et de savoir si je peux lui faire confiance. Christopher ramasse le mégot qu'il vient d'écraser sous son pied.

– Ben et moi, c'est une longue histoire… Une histoire ancienne. On ne s'entend pas très bien, tous les deux.

– Ah bon ? Ce n'est pas toi qui décides qui peut faire partie du camp ou pas ?

– C'est plus compliqué que ça… On est liés pour la vie, lui et moi.

– C'était un fan de *La pyramide*, lui aussi ?

– Pas du tout.

– Un repenti ?

– Non… On est liés par le sang.

– Tu veux dire… par un crime ?

Un frisson me saisit.

– Non… Ce n'est pas un assassin.

Un long silence s'ensuit, avant qu'il se décide enfin à lâcher :

– C'est mon frère. Mon petit frère.

Malgré son visage creusé, marqué par les épreuves, je reconnais en Christopher les mêmes traits fins et gracieux que Ben. Je n'avais pas fait le rapprochement jusque-là, car l'un est aussi brun que l'autre est blond.

– C'est vraiment ton petit frère ? je demande, alors que la réponse vient de m'être donnée. Plus qu'une question, c'est une tentative de diffuser l'information jusqu'à mon cerveau.

– Notre mère a les cheveux clairs. Moi, j'ai hérité des gènes de notre père.

Ben a rejoint les autres devant l'entrepôt. Il semble chercher quelqu'un du regard. Je ne peux pas m'empêcher de comparer les deux frères. L'aîné est donc brun, il a les traits durcis et les lèvres gercées, un chagrin révolté dans les yeux. Le cadet est blond, le visage plus arrondi et lumineux, l'air malin. Christopher a le charme touchant du rescapé, Ben irradie une assurance mystérieuse.

Oui, je me souviens du petit frère. Christopher se remémorait les moments heureux auprès de lui, durant son enfance, pour tenir dans la rue.

– Tu vois, ce qui a été le plus dur finalement quand je vivais dehors, ce n'est pas le froid, la faim ou la peur. C'est le sentiment de culpabilité d'avoir abandonné mon petit frère.

– Mais il était trop jeune pour venir avec toi !

– Ben avait douze ans quand j'ai fugué. Je ne voulais pas qu'il quitte le collège ni lui faire prendre des risques… Mais ça m'a rongé. J'avais tellement la trouille que mon père s'en prenne à lui ! Alors c'est la première chose que j'ai demandée à Ganesh quand on a créé le camp : faire venir Ben jusqu'ici.

– C'était combien de temps après la fin du jeu ?

– Environ un an.

– Et tu n'avais jamais repris contact avec ta famille ?

– Avec mes parents, non. Mais Ben et moi, on a continué à chatter. C'est comme ça que j'ai suivi son addiction.

– Son addiction ? À quoi ?

– Aux jeux vidéo. Quand j'ai fugué, Ben s'est retrouvé seul. Ce n'était pas vraiment la joie à la maison… Alors il s'est plongé corps et âme dans un jeu de rôle en ligne. Et il est devenu accro. Mais vraiment accro ! Bien plus que toi ou moi. Il restait enfermé dans sa chambre sans aller au collège, jouant plusieurs nuits d'affilée jusqu'à s'écrouler de fatigue. Dès qu'il se réveillait, il reprenait sa partie. Mes parents étaient trop largués pour s'occuper de lui. Ben s'est coupé de tous ses amis et il a plongé dans un état dépressif, il ne sortait plus de sa vie virtuelle. C'est le premier qu'on a fait venir dans le camp pour se sevrer.

– Et ça a marché ?

– Nos relations ont été tendues dès le début. On s'entendait bien quand on était enfants, mais ma fugue et ma participation à l'émission nous ont éloignés. Il m'en veut encore, je crois. Et je m'en veux encore moi-même. Mais pour le sevrage, oui, ça a marché. Enfin, plus ou moins… Disons qu'on a réussi à canaliser son temps de jeu en ligne et à l'orienter vers d'autres activités. On n'a pas cherché à le détourner des écrans, car on s'est aperçus que Ben possédait des capacités exceptionnelles pour le numérique. Ganesh l'a formé au codage, puis au piratage pour pouvoir contrer les *black hats*, les pirates malveillants. Il officiait sous le pseudonyme de GRIMM. Comme Ben n'allait plus en cours de toute façon, j'ai pensé qu'il avait plus d'avenir ici. C'est lui qui a eu l'idée du N∃B quand Ganesh…

– Oui, je sais, il m'a raconté.

– Il s'est amusé à faire référence à la pyramide des besoins pour concevoir la psychologie des avatars. Clin d'œil ou provocation, je ne sais pas… C'est la seule règle que le studio a gardée de son jeu d'origine.

– Et vos parents, ils ne vous recherchent pas ?

– Mes parents… Ils sont fêlés. Vraiment. Quand on était gosses, ils pouvaient oublier de nous nourrir ou de nous coucher. On restait éveillés jusqu'au milieu de la nuit, à traîner dans les champs par tous les temps. Valait mieux pour nous deux qu'on décampe.

– Tu ne les as jamais revus ?

– Jamais.

Je n'ose pas lui demander si ses parents lui manquent, malgré tout.

– Mon père…

Christopher ne finit pas sa phrase. On surveille tous les deux l'activité devant l'entrepôt et on s'interrompt dès qu'un bruit nous semble suspect. Ben passe d'un groupe à l'autre, il doit me chercher, je suppose. Je devrais retourner là-bas, ce sera bientôt l'heure de préparer ma proposition pour la finale, si je décide de continuer à jouer, mais j'ai encore tant de questions à poser à Christopher !

– Tu disais, ton père… ?

– Mon père…

C'est le mot qu'il a l'air d'avoir le plus de mal à prononcer.

– Tout le monde me demande si j'ai revu mes parents après ma fugue. Mais lui, mon père… Il n'est jamais venu me chercher quand je vivais dans la rue.

L'émotion transparaît dans son regard. Je suis trop émue, moi aussi, pour continuer à l'observer. Je ne veux pas le quitter, mais les pirates s'agitent devant l'entrepôt, ils vont et viennent en tirant des câbles, installant des caméras, je n'ai plus beaucoup de temps pour questionner Christopher. Mais je dois savoir. Alors je vais droit au but :

– Ben, il me manipule ?

– Les pirates t'ont menti, Alex. Envoyer des messages anonymes, masquer son identité, déstabiliser une personne pour obtenir d'elle son aide, c'est de la manipulation, oui.

– Donc je devrais arrêter de jouer ? Comme toi, abandonner ?

Christopher se fige, je crains de l'avoir vexé.

– Je n'ai pas abandonné. Cela aurait été un renoncement si j'avais vraiment eu envie de gagner à *La pyramide des besoins humains*. Mais ce n'est pas la victoire que je cherchais. Je me suis laissé porter par le jeu, car c'est la seule option que j'ai trouvée, à ce moment-là, dans ma vie.

– Tu cherchais quoi, alors ?

– À me sauver. Fuir mon père. Fuir la vie dans la rue. Je m'en fichais de la victoire ou de l'argent. Je préfère les perles de rosée aux diamants. *La pyramide*, c'était juste un détour, ou un tremplin, pour me propulser ici. Et toi, qu'est-ce que tu cherches ?

Je n'ose pas lui dire que j'ai envie de gagner, moi. Que j'aimerais être la perle rare. Et que je la cherche, aussi… Je suis fière d'être la seule fille en finale et j'ai envie de prouver au monde entier que je peux aller jusqu'au bout, jusqu'à la victoire.

– Je ne sais pas… Tu crois qu'il est sincère, Ben, quand il prétend agir pour le bien ? Enfin, je veux dire, pour changer le monde ?

– Mon frère est un idéaliste. Il a toujours été plus rêveur que moi. Je pense qu'il y croit, oui.

– Pas toi ?

– J'ai trop morflé pour croire encore en quoi que ce soit. Je m'efforce juste de sauver ma peau et celle des gens que j'aime. Pour le reste... Je préfère me tenir éloigné du système.

– Ben dit qu'on pourra révolutionner le système uniquement de l'intérieur.

– Ah, ah ! Mon frère dit beaucoup de conneries. Mais s'il a envie d'essayer...

– Et tu l'as laissé faire : pirater le jeu, organiser une finale clandestine ?

– Ben n'a pas tort sur un point : en restant ici, rien ne changera. Regarde autour de toi ! À quoi ça sert qu'on réfléchisse à la technologie et à la liberté pour un public de corbeaux et de gosses perdus, comme nous ?

Le visage torturé, il s'allume une nouvelle cigarette avant de reprendre :

– Au début, j'ai cru que Ben avait un avenir ici. C'était toujours mieux que ce qu'on subissait chez nos parents. Puis j'ai pris conscience de ses capacités, j'ai découvert ses rêves et son ambition. Il pourrait devenir un grand chercheur dans le numérique, il a le charme pour enflammer le public, embarquer toute une équipe !

Christopher désigne la petite troupe de pirates qui piétine dans la boue, devant l'entrepôt.

– Qu'est-ce qu'ils vont devenir, s'ils restent

tous ici, à jouer aux pirates anonymes ? Ben est un garçon intelligent qui a besoin d'explorer le monde s'il veut le changer. Pas de se planquer derrière un écran, dans un bunker où personne n'a le droit d'entrer. Le lieu qu'on a créé avec Ganesh pour lutter contre les monstres est en train de se refermer sur nous comme un piège... Il est temps de sortir du camp dans lequel on s'est retranchés.

Des voix nous proviennent du bout de la clairière. Mon père et les pirates crient mon nom, tout le monde me cherche.

– Tu devrais y aller, me conseille Christopher.

– Tu veux dire dans l'entrepôt... ou jusqu'au bout du jeu ?

– Ah ah, bien tenté. Mais je te l'ai déjà dit, c'est à toi de choisir Alex, pas à moi ! Afficher sa tête sur un écran, ce n'est pas un travail ni une création. Ce n'est pas un acte intéressant. Les réactions peuvent être violentes ou déstabilisantes, alors il vaut mieux avoir une bonne raison pour s'exposer publiquement. Et les reins solides. Allez, ça m'a fait plaisir de parler avec toi...

Tout en retournant à l'entrepôt, je regarde Christopher s'éloigner peu à peu sur le chemin forestier. Déstabilisée, mais étrangement soulagée.

CHRISTOPHER
Christopher · Scott 54
Chanson préférée
SCOTT
LONDON

GRiMM
Ben Ben Ben Ben Ben Ben
Ben Ben Ben Ben Ben
Ben Ben Ben Ben Ben Ben
BEN
BƎN
J'AIMERAIS...
qui est-il?
Guy
Guy

– T'étais où, mon pou ? Tout va bien ?

Mon père se précipite vers moi dès que je m'approche de l'entrepôt.

– M'appelle pas comme ça !

Ça nous faisait rire avant, « mon pou », quand je m'accrochais à ses cheveux pendant qu'il m'envoyait valser dans les airs. Mais j'avais cinq ans… C'était bien avant que mon corps grandisse, que je grossisse, que je m'obstine à cacher mes hanches et mes seins en portant des vêtements sans forme. Mon père me tend un sandwich.

– Mange, je suis sûr que tu n'as rien avalé aujourd'hui…

– Fous-moi la paix ! je crie, en m'emparant du bout de pain et en le jetant au loin.

Je regrette immédiatement ce geste violent, j'ai honte et si peur de ne pas réussir à me contenir. Ça bout tellement en moi ! Je refuse de parler à mon père, rien que voir sa tête, ça me dégoûte. Mais je suis encore troublée par ma discussion avec Christopher. Tous les pirates sont jeunes, les gens autour de nous portent des jeans, des baskets, des casquettes hype. Il n'y a qu'un seul vieux type en veste en cuir avec un chapeau d'aventurier, c'est ridicule, ringard, il fait tache dans le décor.

Mais c'est mon père. Et il est venu me chercher.

– Laisse-moi tranquille, papa…

Ma voix s'est brisée sur le dernier mot, laissant entendre tout le contraire. Mon père a la bonne idée de ne rien dire. Un peu de silence me fait du bien.

– Pourquoi tu te mêles tout le temps de mes affaires ?

Il reste encore silencieux, sans me quitter des yeux, l'air de dire : vas-y, déballe ton sac. Alors je déballe :

– T'es toujours sur mon dos ! « Fais tes devoirs, range ta chambre, va dehors, lâche cet écran… » J'suis pas ton pou, j'ai plus cinq ans, et j'en ai vraiment marre de toi !

Comme il se tait, je continue :

– Depuis le début, tu ne veux pas que je gagne ! J'avais enfin trouvé quelque chose qui me plaisait, OK, c'était un jeu en ligne, et alors ? T'as essayé de m'interdire de jouer, maintenant tu viens jusqu'ici pour m'empêcher de gagner ?

Je suis tellement en colère que je m'en fiche si tout le monde nous entend. Pourquoi est-ce que mon père ne dit rien ? Il m'accable d'habitude de reproches, de conseils, il a toujours le dernier mot, et là, silence radio… Il a enfin coupé l'émetteur. Bizarrement, ça relance une fréquence entre nous. Je sens qu'il m'écoute vraiment et j'ose lui dire ce que je me retiens de crier depuis longtemps.

– Tu me saoules, papa. À cause de toi, je vais perdre le jeu et je t'en voudrai toute ma vie.

– À cause de moi ?

Monsieur daigne enfin parler.

– Ouais, parce que je sais bien ce que tu penses !

– Et je pense quoi ?

Je me mordille les lèvres en piétinant la terre.

– Que c'est un jeu de demeurés.

– Tu crois vraiment que je pense ça ?

– Ouais. Et t'aurais préféré que ce soit moi qui…

Je ne dois pas dire la suite. Surtout pas ! Je le sais, mais c'est plus fort que moi.

– … que ce soit moi qui ne sorte pas de la voiture.

Mon père blêmit. Il ne s'attendait pas à ce coup-là. Il reprend son tic en se massant le front nerveusement, puis d'un geste soudain, il enlève le vestige de ses aventures passées, son trophée de jeunesse, et balance le chapeau dans l'herbe. Il enfouit la main dans ses cheveux poivre et sel tout en fixant l'objet à terre.

– Tu es ma fille, Alex.

J'attends la suite, mais il s'arrête là. L'effervescence autour de nous crée un bruit de fond mêlé de voix et de vibrations. Mon père relève la tête et répète, en me regardant droit dans les yeux cette fois, les pupilles humides :

– Tu es ma fille, et… tu n'es pas responsable de l'accident, Alex. Ce n'est pas ta faute.

Je retiens de toutes mes forces mes larmes. Jamais je n'ai parlé à qui que ce soit de l'accident de voiture et de la mort de ma mère. Mais c'est là. Tout au fond de moi. Depuis toujours. Et ça m'étouffe.

Mon père essaie de contenir son émotion, mais les larmes lui montent aux yeux, à lui aussi. Il semble vouloir me dire quelque chose d'important, sans y arriver. Avant de parvenir enfin à articuler d'une voix déchirante :

– Que tu sois sortie vivante de cette voiture, Alex, c'est le plus beau miracle qui se soit produit dans ma vie.

Une larme dévale ma joue. Je ne pleure jamais ; d'habitude, tout reste bloqué en moi. Soudain, une association d'idées, surgie de nulle part, me vient en tête.

*Je n'ai plus à avoir peur de rester coincée, puisque je suis sortie de cette voiture.*

Je ressens un souffle intérieur, mon corps semble libéré d'un poids. Une capsule, une voiture, un bus… Un bateau, un entrepôt… Je m'aperçois que je ne me suis jamais autant déplacée et retrouvée dans des lieux clos, et pourtant aucun drame ne s'est produit !

– C'est vrai, ajoute mon père, j'ai mis du temps à comprendre ce qui te plaisait dans ce jeu. Je trouvais ça complètement idiot, sans intérêt. Avant que j'y joue moi-même et que…

– Quoi ? Tu as joué au NƎB ?

La surprise me tire de mes larmes.

– J'ai essayé, deux ou trois fois…

– Mais comment ? Tu t'es créé un avatar ?

– Le fils d'un de mes collègues y jouait en permanence, on en parlait entre deux réunions. Un jour, me voyant démuni face à la situation…

– Quelle situation ?

– Ton comportement, Alex ! Le fait que tu passes ton temps sur ton téléphone, dans un monde virtuel, que nos relations se dégradent, que tes résultats scolaires s'effondrent ! J'étais en colère contre toi, et je voulais comprendre aussi. Alors ce collègue m'a proposé de venir chez lui pour tester le jeu, son fils était d'accord pour me faire une démonstration. Il s'est connecté et j'ai découvert l'interface du jeu, c'était incroyable tous ces décors magnifiques, cette sensation de voler dans l'univers. J'ai compris un peu mieux ce que tu ressentais. Et...

Mon père hésite ; nouveau massage de front.

– Et j'ai pu passer un peu de temps avec toi dans le N∃B.

– Comment ça ?

– C'est-à-dire... Partager des moments avec toi, comme lorsqu'on volait ensemble entre les immeubles désaffectés.

Je réalise enfin ce qu'il est en train de me dire.

– Le fils de ton collègue, il jouait avec l'avatar de... BULLDOZER ?

Pas besoin d'entendre la réponse, les yeux penauds et brillants de mon père confirment déjà l'information. Il semble à la fois désolé et fier de son coup.

– Tu m'as épaté dans le N∃B, Alex. Et je sais bien que ce sont des pirates, ici. Ils ont raison de dénoncer les conditions du jeu, mais je ne partage pas leur mode d'action. Quoi que tu décides...

Ganesh nous interrompt brusquement.

– Il faut y aller, vous autres ! La finale va commencer.

# LA BERGÈRE

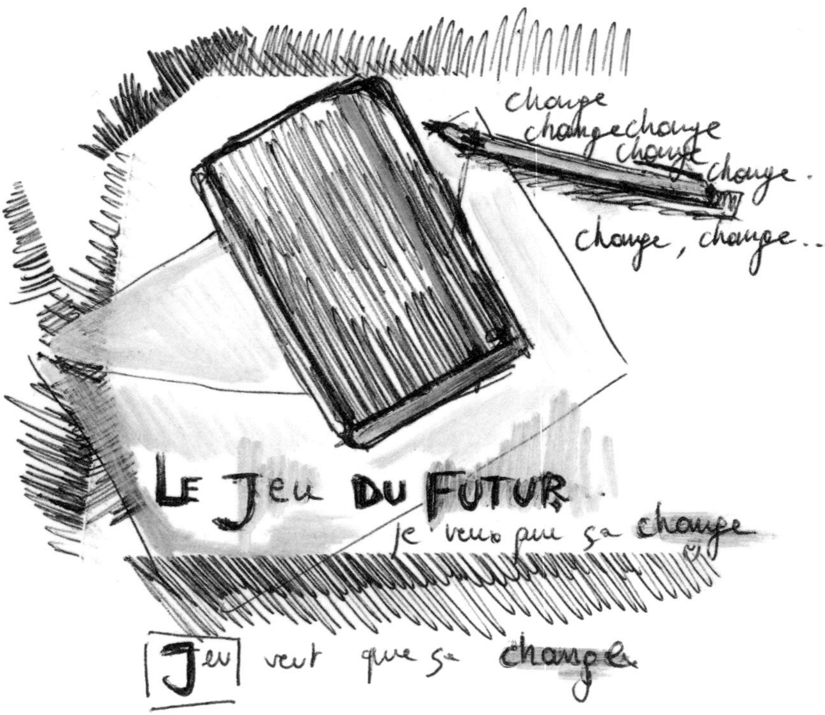
change
changechange
change
change.
change, change...
LE JEU DU FUTUR.
je veux que ça change
Jeu veut que ça change

Un brasero crépite dans l'entrepôt. La caméra scrute nos trois visages, tel un aigle tournoyant autour de sa proie, elle zoome sur nos lèvres mordillées, nos clignements de cils, le moindre de nos tics nerveux. J'ai hésité avant de m'asseoir. Mais le NƎB est le premier espace où j'ai pris du plaisir à utiliser mes pouvoirs magiques et je ne supporte plus de subir mes journées sans rien décider. Je veux que ça change ! Le monde ou ma vie ; les deux, peut-être… Alors je choisis de continuer la partie. J'irai jusqu'au bout du jeu.

Amadou et Ronan tiennent comme moi un calepin et une enveloppe dans leurs mains. Nos regards semblent hésitants. On se jauge, on se soutient ou on se défie, on ne sait plus très bien, tout s'embrouille et s'amplifie avec la pression.

C'est l'épreuve finale. Une heure pour créer le jeu du futur. Que vais-je pouvoir inventer ? Je n'en ai aucune idée… Ben et Christopher me trottent dans la tête. J'aimerais suivre la piste de chacun des deux frères pour découvrir où elle me mènerait, dans une clairière lumineuse ou un labyrinthe secret. Mais c'est à moi de donner envie aux autres de me suivre. Quelle idée géniale pourrait séduire le public ?

Je sortirais bien mon joker.

Je sortirais bien prendre l'air.

Pour scruter le ciel et chercher l'étoile du Berger, car c'est elle qui m'a toujours réconfortée.

*Air. Liberté. Jeu. Gloire. Espoir.* Lors de mon inscription au N∃B, ces cinq mots représentaient ma pyramide des besoins. Je ne sais pas pourquoi j'y repense maintenant, peut-être qu'ils pourraient me guider. La partie se jouerait en toute liberté, sans utiliser des techniques de manipulation de l'attention. JE serait remplacé par NOUS. La minute de gloire disparaîtrait au profit d'un temps de jeu suffisamment long pour nourrir de l'espoir. Oui, ça me donne une idée !

–Votre proposition doit être claire pour permettre aux spectateurs de comprendre tout de suite l'univers du N∃B 2, nous a briefés Ben avant le début de l'épreuve. Vous devrez indiquer seulement deux éléments : un titre et un slogan, c'est-à-dire une courte phrase qui résume l'esprit du jeu.

Je note mon idée sur une feuille de papier, je la plie en deux et je la glisse dans l'enveloppe qui a été transmise à chaque finaliste. Encore une fois, j'ai été la plus rapide ! Amadou et Ronan m'observent fébrilement, étonnés ou agacés que ma réponse soit déjà prête. Je dois attendre qu'ils aient rempli tous les deux leur enveloppe avant de pouvoir quitter le champ de la caméra.

À 19 heures, les enveloppes sont ouvertes et nos trois propositions sont publiées sur l'interface du jeu. Les spectateurs se connectent en masse pour voter. Je sors de l'entrepôt en proie au doute, comme après un examen surprise, incapable de savoir si j'aurai la pire ou la meilleure note. Toujours cette course au podium… Sauf que je commence à préférer une belle vie à un bon classement.

Après le temps pluvieux de l'après-midi, les nuages n'ont pas disparu.

Seule une petite étoile brille.

L'attente s'annonce fiévreuse avant la proclamation des résultats. La tension monte de minute en minute. Je me raidis en apercevant des caméras enregistrer les retrouvailles des deux autres joueurs avec leurs proches. Mon père a refusé d'être filmé, et ça m'a soulagée. La famille de Ronan a fait le déplacement : il est entouré de son père, un homme robuste et taiseux ; de sa mère, qui a recouvert son crâne rasé d'un foulard ; de sa petite sœur, qui lui ressemble comme deux gouttes d'eau, avec une tête de moins ; et d'une jeune fille asiatique, frêle et charmante, qui lui tient la main amoureusement. Le clan fait bloc devant l'entrée de l'entrepôt. Quant aux proches d'Amadou, ils n'ont pas pu venir en France, mais ils se sont réunis dans la maison familiale, où la moitié du village s'est également regroupée pour soutenir l'enfant du pays. Juliette a rendu son téléphone à Amadou pour qu'il puisse communiquer avec eux à distance. Resté assis près du brasero, il tend son portable devant son visage et éclate de rire à chaque échange.

Je ne tiens pas en place. Je fais les cent pas dans la clairière, à bonne distance de mon père qui ne me quitte pas des yeux. Ganesh et Juliette tentent de m'approcher, je leur fais signe de me laisser tranquille.

Un vent poivré, chargé des senteurs de la forêt, d'humus, de mousse, fait bruisser les feuilles des arbres et frémir ma peau. Le temps semble suspendu jusqu'à ce que Juliette s'écrie, euphorique :

– Un million neuf cent nonante-neuf mille… Deux millions !

Vous êtes actuellement
2 000 000 de spectateurs connectés

C'est l'heure. Mes jambes ramollissent, mon cœur s'accélère. Je retrouve Ronan et Amadou devant l'entrepôt, nos visages glacés sont cernés. Ronan s'agite sur ses pieds, je ne l'ai jamais senti aussi nerveux. Amadou paraît étrangement calme. Et moi, je me demande à quoi je ressemble… Des boucles emmêlées masquent mes joues, je ne les chasse toujours pas pour me croire à l'abri. Naïvement protégée.

– 3, 2, 1…

Il est un peu plus de 20 heures quand Juliette nous fait signe de pénétrer dans le bâtiment. Des spots puissants illuminent l'entrepôt. Plusieurs caméras, installées en hauteur sur la plateforme, quadrillent les lieux. Bien que clandestine, cette finale est filmée avec des moyens technologiques dernier cri grâce à l'argent de Ganesh. Une trentaine de pirates, la famille de Ronan, mon père et des inconnus que je n'ai encore jamais vus encerclent une estrade centrale avec un écran géant où Ben, de nouveau dissimulé sous ses accessoires, officie en tant que maître de cérémonie.

Amadou et Ronan m'entourent, on progresse prudemment, chamboulés par une émotion ambivalente, un mélange de peur et d'excitation. Un calme solennel règne, comme avant un combat final. Lorsqu'on gravit les quelques marches pour rejoindre Ben sur l'estrade, le public se met soudain à applaudir à tout rompre l'entrée en scène des trois finalistes. J'ai l'impression de flotter sur un nuage, mais ce n'est pas un sentiment léger, la pression autour du jeu et des résultats me maintient sous tension : j'ai le pressentiment que je ne ressortirai pas indemne de cette finale.

De sa voix suave et puissante, Ben lance les festivités. Ou les hostilités… Car je ne sais pas ce qui m'attend. La cérémonie est retransmise en direct sur l'interface du jeu et les réseaux sociaux.

– Depuis ce matin, Alex, Amadou et Ronan jouent leur place sur le podium. Au fil des heures, vous avez été de plus en plus nombreux à suivre leur aventure. Vous êtes désormais plus de deux millions devant l'écran ! Et il ne vous reste plus qu'une heure pour voter pour votre idée de jeu préférée.

Les lumières s'éteignent à petit feu pour former un halo doré autour de nous. En introduction, une vidéo récapitule notre parcours dans le N∃B. Puis Ben nous interroge un à un sur notre proposition. Ronan est le premier à défendre son idée. Son visage est fermé, il tente de contenir ses nerfs et ne peut s'empêcher d'afficher un air fier, un peu crâneur. Il crève d'envie de gagner depuis le début. La victoire lui permettrait d'attirer des sponsors, il pourrait payer les frais d'hospitalisation de sa mère, les emprunts contractés par son père pour moderniser l'exploitation de produits laitiers. Il n'aurait plus à travailler à la ferme et pourrait enfin vivre de sa passion pour les jeux vidéo et le numérique. C'est clair, il a l'air d'être le plus motivé d'entre nous.

– Alors, Ronan, ça fait quoi d'être finaliste ? l'interroge Ben tout en s'approchant de lui.

Ronan cligne plusieurs fois des paupières, ébloui par les spots. Le cameraman le braque, attendant sa réponse.

– Euh… C'est bizarre.

– Bizarre comme… un Nouvel Espace Bizarre ?

Des personnes rient dans le public.

– C'est Alex qui a inventé cette expression, Ronan, pas toi. Qu'as-tu fait pour mériter la victoire ?

Ronan fronce les sourcils, nerveux d'être ainsi titillé.

– Chépa… J'm'en fous, lâche-t-il enfin, surprenant tout le monde. J'veux juste jouer, moi ! Comme vous, non ? s'écrie-t-il soudain en s'adressant à la salle.

Des cris enthousiastes s'élèvent dans l'entrepôt. Puis Ronan fixe la caméra pour prendre à partie les spectateurs derrière leur écran :

– Et vous aussi, vous voulez jouer ? Vous avez aimé le **NƎB** ? Alors vous adorerez le **METANƎB** !

Sa proposition de jeu s'affiche en simultané sur l'écran géant.

METANƎB

*Plus vite, plus fort, plus riche !*

Son idée est simple : puisque le **NƎB** a eu tant de succès, pourquoi changer de recette ? À rebours des pirates qui veulent bouleverser les règles du jeu, il propose au contraire de les maintenir, en les rendant simplement plus spectaculaires. Les capsules seraient remplacées par des tanks, des joueurs pourraient s'allier pour écraser deux fois plus vite des concurrents, des marques sponsoriseraient chaque joueur pour générer encore plus de lots et de bénéfices.

Sa proposition agace les pirates dans la salle, mais l'écran retranscrit également en direct les réactions des spectateurs. Et Ronan fait un carton ! Il semble soutenu par des groupes très organisés qui se coordonnent immédiatement pour propulser le hashtag #metaneb dans le top des recherches.

Puis c'est au tour d'Amadou. Jusque-là si jovial, il affiche un visage inédit : grave et déterminé. Ce génie de l'informatique qui a choisi la clandestinité partage beaucoup de points communs avec les pirates. Il m'a paru désinvolte dans le camp, toujours rieur, mais c'est aussi un solitaire, impénétrable tant il a l'habitude de masquer son identité et ses émotions. Donc je ne sais pas du tout à quoi m'attendre avec sa proposition, s'il va jouer la même partition que Ronan en caressant le public dans le sens du poil ou virer de direction. S'il était motivé par l'aspect financier, Amadou aurait pu accepter les propositions lucratives de sociétés numériques, et il ne l'a pas fait. Mais sa famille aurait bien besoin d'argent. Et il rêve peut-être de gloire, sous ses airs rigolards.

Ben l'interroge :

– Alors, Amadou, comment tu te sens ?

Le joueur n'ouvre pas la bouche. Un cameraman s'approche, il le filme en gros plan, on peut voir des gouttes de sueur perler sur son front. La tension est palpable, j'entends la respiration saccadée d'Amadou et le frottement des chaussures de Ronan qui se balance nerveusement sur ses pieds.

– Tu veux nous dire quelque chose ? insiste Ben dans son micro.

Mais Amadou reste muet, frissonnant. Brusquement, il fait volte-face et sort un bout de tissu qu'il avait dissimulé sous son anorak. Il lève le tissu noir en l'air, comme s'il tenait une pancarte. On dirait un drapeau de pirate, sauf qu'il n'y a pas de tête de mort. Son geste de résistance et de révolte ne s'accompagne d'aucun mot, juste de son regard enflammé défiant la caméra.

Sa proposition de jeu apparaît à l'écran.

## NO NƎB

*Révolution & déconnexion*

Amadou ne veut plus jouer le jeu, dans tous les sens du terme. Il propose aux spectateurs d'éteindre les écrans pour révolutionner notre rapport au temps et aux autres. Se regarder de nouveau droit dans les yeux. Boycotter les réseaux sociaux. Tout débrancher. Il récolte une poignée d'applaudissements chez les pirates, tandis qu'une écrasante majorité de spectateurs est effarée à l'idée de se déconnecter. Mais Amadou n'attend pas d'ovation, il ne cherche pas à convaincre, il semble juste vouloir rester fidèle à lui-même et à ses idées. Inflexible, il maintient sa position radicale.

Je réalise soudain que c'est mon tour. Les yeux du public et les caméras se braquent sur moi, j'appréhende terriblement la suite. Je lance un bref regard à mon père, il opine de la tête pour m'encourager, sans réussir à masquer son anxiété. Quand Ben me pose une question, je n'entends plus rien. Je ne perçois qu'un halo éblouissant, de vagues silhouettes ; un bourdonnement grésille dans mes oreilles. Impossible de me souvenir des conseils de Christopher, je me sens tanguer. Je crains de tomber de la scène, de disparaître dans un gouffre et de retourner là d'où je viens : l'anonymat. Ou la solitude. Ce n'est pas la même chose, mais tout s'embrouille, je n'arrive plus à penser.

– Ton idée de jeu est déroutante, Alex. Est-ce que tu peux nous expliquer ? m'interroge Ben au moment où l'écran révèle ma proposition.

**Nouvelle Étoile de la Bergère**
*Et si on créait notre planète ?*

Prise de vertige, je peine à articuler.

– C'est l'étoile…

– Oui, Alex ?

– Quand on est perdu, c'est… C'est l'étoile du Berger qui peut nous guider.

J'essaie de reprendre mon souffle. Je suis tellement stressée, on a l'impression que je viens de courir un marathon ! Mais pas question que j'abandonne en route, sans franchir la ligne d'arrivée. Je m'encourage silencieusement en chassant la voix intérieure qui prend un malin plaisir à me critiquer et à me dénigrer en me faisant croire que je ne peux pas gagner. Ras le bol de lui laisser toute la place, c'est moi qui décide quand même de ce qui se passe dans mon cerveau ! Je choisis de donner la parole à une autre partie de moi, plus secrète, mais très déterminée. Et je me lance, en confiant, comme tout à l'heure lorsque j'ai révélé ma dépendance au jeu, ce que j'ai sur le cœur :

– Le matin, quand le réveil sonne, je n'ai même pas envie d'ouvrir les yeux parce que je sais ce qui m'attend : les devoirs, les moqueries, l'angoisse. Si j'avais une baguette magique, franchement, ce que j'aimerais, c'est changer de planète. Ici, c'est trop violent. Trop stressant. Tout le monde se compare en permanence, on est évalués en classe, sur les réseaux sociaux, même quand on joue. On clique sur des étoiles pour noter des livres, des films, des corps… Tout est jugé, tout le temps. Et moi, ça m'étouffe ! J'aimerais vivre sur une planète qui ne me donnerait pas envie de m'évader ailleurs. C'est ça, ma proposition : suivre l'étoile du Berger, pas celle des stars et des robots.

– Et pourquoi de la Bergère ?

– Parce que je suis une fille. Parce que ça changerait d'avoir une femme en haut de la pyramide. Quelqu'un qui ne cherche pas à aller plus vite, plus fort, plus loin, mais mieux.

Un silence envahit la salle. À l'écran, les trois lettres du NƎB clignotent :

**N**ouvelle **É**toile de la **B**ergère

– Dans mon jeu, chaque avatar pourrait modifier une chose, et une seule, avec sa baguette magique : celle qui lui semble la plus importante pour changer le monde. La planète du NƎB se transformerait au fur et à mesure, et…

GRIMM m'interrompt.

– Tu ne peux pas en dire plus, Alex, pour respecter le même temps de parole que Ronan et Amadou.

Ça me frustre de ne pas pouvoir détailler ma proposition. Dans quelques minutes, les votes seront clôturés et je n'ose pas regarder l'écran pour connaître la réaction des spectateurs. Un graphique affiche l'évolution de nos scores en temps réel. J'aperçois des colonnes, sans vouloir m'attarder tant je crains que personne n'ait été convaincu par mon idée de jeu.

Une nouvelle vidéo compile les moments forts du N∃B, puis Ben s'égosille, malgré le micro :

– Dans un instant, on découvrira votre proposition préférée. Plus que quelques minutes pour voter ! Alors, qui sera la star du N∃B 2 ? Qui a eu assez de cran et de talent pour crever l'écran ?

En une poignée d'heures, nos trois visages semblent avoir vieilli de plusieurs années. Amadou serre tellement les mâchoires que sa bonne bouille s'est creusée. Une inquiétude se mêle désormais à la colère dans le regard de Ronan, et l'annonce imminente du dénouement m'a étrangement redressée : je me tiens fermement sur mes pieds, bouillonnante, prête à affronter mon destin.

Tel un roulement de tambour, une musique électronique déferle dans l'entrepôt. Puis un silence assourdissant s'installe quand le vote se fige sur le résultat final. Je tourne lentement la tête vers l'écran.

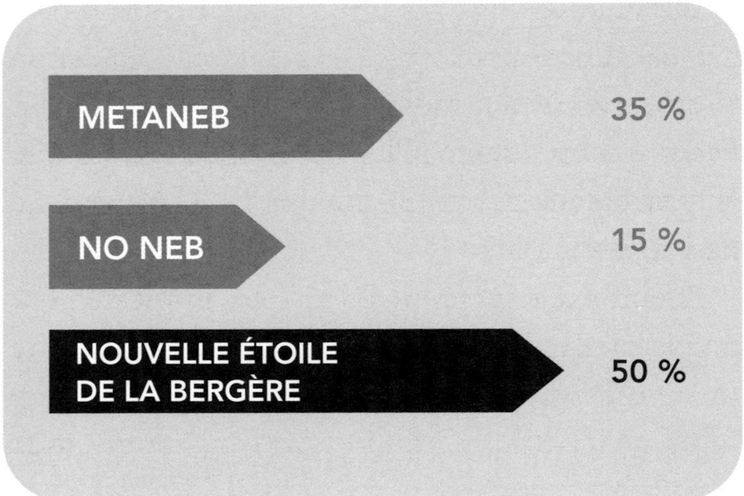


Après un moment de stupeur, des cris de joie éclatent parmi les pirates. Ronan se met à trembler. Il se détourne de la scène, donne un coup de pied dans l'estrade, puis plusieurs coups de poing dans le vide. Amadou reste digne. Quant à Ben, il hallucine et me dévisage longuement, avant de lever mon bras en l'air et de proclamer fièrement dans le micro :

– ALEX… LA GAGNANTE DU **NƎB** !!!

Le sol se dérobe sous mes pieds. Je dois être en état de choc : mes lèvres ne s'ouvrent plus, mon cœur sursaute au moindre son, j'ai les pupilles sèches comme deux billes de poussière alors que j'ai terriblement envie de pleurer. De soulagement, mais aussi de joie !

Crépitement de flashs. Des pirates immortalisent ma victoire et bousculent mon père pour prendre une photo avec moi.

– Ça va, dis ? s'enquiert Juliette, tandis que Ganesh me félicite :

– Bin content pour toi, ta vie va changer, t'sais.

Puis il finit par repousser mes admirateurs en scandant :

– Hey, c'est fini les selfies, là !

Ben saisit fermement ma main pour me faire sortir de l'entrepôt. La vive effervescence qui se propage dans le camp me donne le tournis. Des dizaines de hackers investissent la clairière pour fêter le succès de leur opération rébellion. Sur le web, à la télé, sur les réseaux sociaux, on ne parle plus que de ça : comment ils ont réussi à rafler l'audience d'un des jeux les plus populaires du monde en organisant une finale clandestine, sans chercher le profit, sans tracer ni revendre les données.

Mon père parvient tant bien que mal à nous suivre parmi toute cette effervescence. Il doit jouer des coudes pour me montrer sur son téléphone une vidéo envoyée par un parent d'élève : une dizaine d'adolescents suivent fiévreusement la finale du NƎB. Au moment où le score s'affiche et révèle ma victoire, ils se lèvent tous en hurlant de joie ! Je reconnais Double J et plusieurs élèves de ma classe, dont Nina et Abdel. Je tremble d'émotion.

Puis mon père a tout juste le temps de me glisser un objet dans la main, avant que je sois emportée par le mouvement. Juliette et ses acolytes m'entraînent dans la clairière pour danser sur un vieux morceau de rap, en chantant en chœur le refrain *« The revolution will not be televised »*.

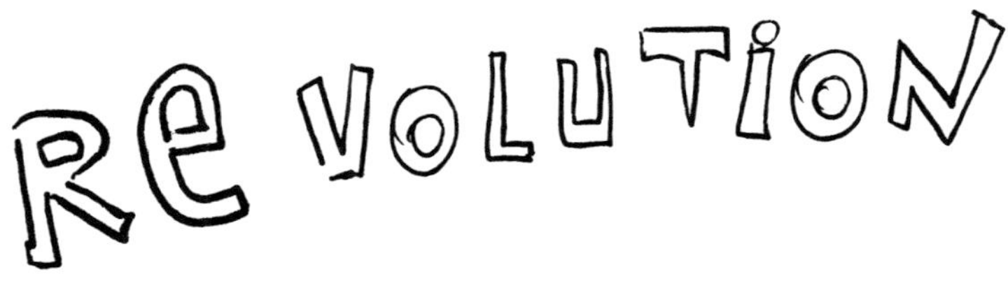

Le refrain scandé résonne en moi. J'ai l'impression de vivre une révolution, non pas sur l'écran, comme un spectacle, mais en direct. Dans la vie réelle. À l'écart du groupe festif, des corps qui se déhanchent en rythme, j'aperçois Ronan quelques mètres plus loin, il semble plus stressé et en colère que jamais.

– J'm'en fous, je lancerai mon propre jeu ! hurle-t-il devant des pirates qui le filment avec leur téléphone portable.

Écœuré, il tourne la tête et me surprend à l'observer. Il cesse de crier, me jette un regard jaloux. Ses proches l'entourent pour le réconforter. Quand sa petite amie lui prend la main, son visage se détend. Ronan joint alors ses doigts et les tend sur sa tempe, comme à l'armée, pour me faire un dernier salut solennel en signe de reconnaissance de ma victoire. J'éprouve un pincement au cœur en lui rendant son salut. Finalement, c'est peut-être lui qui mène l'existence la moins solitaire en dehors du jeu et qui avait le moins besoin de gagner pour se sentir exister. Il aimait jouer, c'est tout. Moi, je jouais ma vie.

Les basses de la musique cognent dans ma poitrine, des corps enivrés par le succès se dandinent près de moi. J'ouvre ma main pour découvrir le cadeau de mon père : c'est un médaillon, celui que ma mère gardait précieusement et qui lui avait été transmis par sa propre mère. Ovale, légèrement émaillé, il représente un motif floral, à moins que ce ne soit une étoile. Mon père m'en avait parlé, et j'avais cru qu'il avait disparu dans l'accident. Mais il est là, désormais, dans ma paume.

– Regarde !

Ben me hurle dans l'oreille pour se faire entendre malgré la musique.

– Tous les sites d'infos parlent de ta victoire !

Je jette un œil inquiet sur l'écran de son téléphone. J'entrevois mon prénom, des images de la finale et déjà une multitude de commentaires. Ça me semble à la fois irréel et trop présent, j'ai l'impression que tout le monde cherche à envahir mon espace.

Un cri sauvage s'échappe alors de ma bouche.

– NON !

Je le répète à plusieurs reprises jusqu'à ce que les pirates autour de moi s'arrêtent brusquement de danser.

NON ! NON !

– Quoi dit ? s'inquiète Juliette, qui craint, comme les autres, que je ne change d'avis et que je ne renonce à participer au **N3B 2**.

Ben me demande à son tour ce qui se passe. Mon visage est blême. Une bouffée d'angoisse me saisit.

– Alex, regarde-moi ! me supplie-t-il.

Il me prend la main en m'éloignant de la foule pour que je puisse reprendre mon souffle. On s'assied au pied d'un immense sapin, noir et touffu.

– Respire, Alex. Tout va bien.

Je prends une longue inspiration en caressant le médaillon dans ma paume.

– Ce truc-là, ça va pas, je dis enfin.

– Quel truc ?

– Mais là ! dis-je en pointant du doigt son écran. Ce n'est pas *Alex* qu'il faut mettre.

– T'aurais préféré que ce soit *Amadou* ou *Ronan* ?

Je fais non de la tête.

– Alors pourquoi tu veux tout arrêter ? Ça va être génial, le **N3B 2**, on va...

– Non, c'est pas ça !

– Mais c'est quoi le problème ?

– Ce n'est pas *Alex* qu'il faut mettre, je répète.

Je ferme un instant les yeux avant de les rouvrir pour fixer le ciel étoilé et lâcher distinctement :

– C'est *Alexandra.*

Ben laisse échapper un soupir de soulagement, puis ses yeux se teintent d'étonnement. Il plisse les paupières en cherchant à me comprendre. Sa couleur, le bleu, se décline de son regard à ses habits, un jean délavé, un sweat-shirt bleu clair, une casquette bleu marine. Ses lèvres charnues ne sont pas gercées comme celles de Christopher, elles semblent douces, rosées, elles m'appellent.

– Alex ?

Et sa peau… Je me demande quel effet cela me procurerait si je lui caressais la main, si j'effleurais sa bouche…

– Oh, Alexandra, ça va ?

Tu me fais tourner la tête, Ben, voilà ce qui m'arrive ! Et je n'ose pas te le dire. Depuis ce matin, depuis la première seconde où j'ai croisé ton regard bleu électrique, bleu rebelle, bleu pétrole, selon les émotions qui te traversent, je ne pense plus qu'à toi, d'où tu viens, à quoi tu ressemblais enfant, est-ce que tu étais un garçon timide, rêveur, qu'est-ce que tu adores le plus dans la vie ? Ton plat préféré, les mots qui te font craquer, ce qui pourrait te faire pleurer, comment tu m'embrasserais ?

Ton regard profond crépite, si vivant. Il me fait chavirer. Un mélange très particulier s'en dégage, une sorte de révolte pleine d'espoir. Un rebelle généreux aux yeux couleur océan, voilà à quoi tu ressembles, eh oui, ça me fait craquer. Je ne parviens pas à te le dire, mais tu commences à comprendre, je crois. Comme tout à l'heure, quand tu m'as révélé ton prénom, tu approches doucement ton visage du mien. Je me sens prête, cette fois. Je te fixe intensément. Tu t'approches encore, un courant d'air chaud me fait frissonner et se répand dans tout mon corps, puis tu me surprends en tournant ta tête juste avant de toucher mes lèvres pour poser ta bouche un peu plus bas, dans mon cou, tu souffles un air chaud dans ma nuque, je me courbe, et tu poses un baiser dans mon cou, tes lèvres remontent, elles effleurent ma joue, et tes lèvres, enfin, touchent les miennes. Elles les caressent, de gauche à droite, puis nos visages et nos bustes s'épousent. Je me love dans tes bras. Le décor, en huis clos ou à l'air libre, ça n'a plus aucune importance ; le monde s'efface autour de nous. Tout ce qui me semblait si lourd, si dangereux, impossible à affronter devient une plume déjà envolée.

LOVE
EN VOLE
toi
love
MOI
Moi + Toi Moi Toi

Le cœur de mon cœur s'est fendu et c'est de l'amour qui s'en échappe, qui me fait trembler, pleurer et rire tout à la fois.

Ben, je crois que c'est toi.

Ma perle rare, et mon destin.

Une multitude d'étoiles brillent désormais autour de l'étoile du Berger quand on regagne l'entrepôt, les joues rosies et le regard pétillant. En cherchant mon père, j'aperçois à l'orée de la clairière deux silhouettes familières. Christopher a la main posée sur l'épaule d'Amadou. Sa nouvelle recrue, probablement.

– Je reviens dans une minute ! je m'exclame en m'élançant pour les rejoindre.

Ben s'apprête à me suivre, puis il aperçoit son frère et s'immobilise. Les deux silhouettes se retournent en m'entendant courir vers elles. Lorsque je parviens à leur niveau, Amadou me toise avec mépris comme si j'avais trahi ma patrie. J'essaie de lui sourire, mais son air fermé me glace. Il me fait un vague salut du menton avant de me laisser en tête-à-tête avec Christopher, qui finit par me murmurer de sa voix cassée :

– Alors ça y est, tu as choisi…

On se dévisage en silence, émus. Un fil fragile semble nous relier.

– Tu dois penser que j'ai fait l'erreur de ma vie, dis-je en baissant les yeux.

Christopher hausse alors la voix, m'incitant à relever la tête vers lui.

– Je n'étais pas dans la même situation que toi, Alex !

– Alexandra…

Je le reprends doucement, sans savoir s'il m'a entendue ou pas, car il continue de parler.

– Je venais de passer un an dans la rue, j'étais épuisé, psychologiquement éprouvé. Tu m'as l'air d'avoir plus de ressources.

Nos visages sont juste éclairés par le soleil couchant qui répand une traînée rouge dans le ciel. Il allume une cigarette, puis ajoute :

–Victoire ou pas, ce n'est pas ce qui compte, tu sais. Après ma participation à *La pyramide des besoins humains*, j'ai compris que le plus important n'est pas ce qui nous arrive… Mais ce qu'on décide d'en faire.

Je laisse passer un silence, le temps de saisir sa pensée, puis je me demande comment je vais choisir de concrétiser ma victoire.

– Amadou va rester ici avec toi ?

– Peut-être…

– Ça me fait bizarre d'avoir gagné. J'ai du mal à réaliser.

– C'est un sacré shoot d'adrénaline, hein ?

Nos visages esquissent un sourire. Tandis qu'un souffle de vent soulève mes cheveux, le ciel s'entrouvre, révélant une lune ronde et brillante.

Devant l'entrepôt, des pirates continuent de célébrer leur succès en dansant dans la boue. Je guette chaque silhouette jusqu'à apercevoir mon père et Ben qui me fixent, chacun de son côté. L'un a remis son chapeau et se tient en retrait du groupe et des portables qui filment la liesse, sans cesser de veiller sur moi. L'autre semble occuper toute la scène, impatient de me retrouver.

Christopher tire une nouvelle bouffée de cigarette.

– Alexandra, si un jour tu changes d'avis…

Une lumière rouge s'embrase derrière lui. Je pense à sa fugue à Londres, à la culpabilité qu'il a ressentie vis-à-vis de Ben, et ça résonne en moi. Je suis tentée de lui montrer mon carnet, et je n'ose pas lui dire que j'aurais aimé avoir un grand frère comme lui. Il me tend la main pour me dire au revoir, mais je le surprends, et je me surprends moi-même en me précipitant dans ses bras. Étonné, touché, Christopher pose une main frémissante sur mon dos, puis chuchote la fin de sa phrase :

– … tu sais où me trouver.

Une sirène retentit. Puis un gyrophare bleu éclabousse la nuit.

– Les flics ! hurle un pirate en accourant vers l'entrepôt.

La musique est coupée subitement. Enveloppé dans une brume écarlate, Christopher Scott disparaît dans la nuit au moment où son petit frère se précipite vers moi.

– On doit se planquer, suis-moi ! m'intime Ben en me tendant la main.

Je n'ai que quelques secondes pour me décider. Une poignée de secondes qui fendent encore plus mon cœur. À l'autre bout de la clairière, mon père agite la main pour que je revienne vers lui, devant l'entrepôt, là où la police contrôlera bientôt les identités. Une pensée fugitive s'envole vers lui.

*Merci papa. Merci d'avoir toujours été là pour moi.*
*Je suis sortie de cette voiture, alors je vais vivre,*
*maintenant.*

Je saisis la main de Ben au moment où les premières gouttes de pluie tintent sur les branchages. On décampe à toute vitesse dans la forêt, à chaque pas des brindilles craquent sous nos pieds, un cri de rapace s'élève au-dessus des sapins. On court si vite que je n'ai pas le temps de dégager les branches devant moi, des aiguilles piquantes me griffent la peau, un air chaud s'évapore de nos bouches haletantes. Nos deux corps se projettent à toute vitesse dans la forêt sombre et sauvage, la police à nos trousses. Je sens la chaleur de nos doigts emmêlés, serrés si fort, solidaires, je ne me retourne pas, je tremble, je souris, je crie en me laissant envahir, dans un mélange troublant, par le froid, la peur et un sentiment de liberté.

«Ne plus améliorer le service pour les gens les plus vieux, mais faire des jeunes adultes notre étoile du Berger».

*Cette phrase a été prononcée par Mark Zuckerberg, le fondateur de Facebook, lors d'une conférence de presse le 25 octobre 2021.*

L'inventeur du déroulement infini du contenu, Aza Raskin, a calculé combien son idée géniale avait fait perdre de temps à l'humanité. Et le résultat l'a effrayé: «En durée, affirme-t-il, c'est l'équivalent de 200 000 vies par jour!»

*Extrait d'un article de France Info au sujet du reportage «Les repentis des applis» diffusé dans l'émission* Envoyé spécial *du 10 septembre 2020.*

Le nuage de mots pages 22 et 23 a été inspiré par le livre *Émois en moi* de Dominique Chapot (Seuil, 2005).

«Le temps d'attention, la capacité de concentration de la génération des millennials est de 9 secondes. Au-delà, son cerveau, notre cerveau, décroche. Il lui faut un nouveau stimulus, un nouveau signal, une nouvelle alerte, une autre recommandation. Dès la dixième seconde. Soit à peine une seconde de plus que le poisson rouge.»
Bruno Patino, *La civilisation du poisson rouge* (Grasset, 2019).

à notre éditrice Véronique Haïtse,
de croire en nous
et d'avoir mené rondement le jeu.

à Laure Chapuis
d'avoir assemblé chaque pièce avec minutie.

Cette histoire n'a pas été créée
par une intelligence artificielle.
Nous l'avons imaginée.

Elle existe grâce à un précieux réseau humain :
les équipes de la maison d'édition,
du Centre National du Livre et des salons du livre,
les bibliothécaires, les enseignants, les libraires,
les lecteurs et les lectrices.

*Caroline & Gaya*

**Qu'est-il arrivé à Christopher Scott ?**

Découvrez sa fugue à Londres
et sa participation à une émission de téléréalité
dans *La pyramide des besoins humains*
(*l'école des loisirs*, 2015).

*« Si, un jour, la célébrité vous tombe dessus comme la fiente d'un pigeon sur la tête, ne perdez pas de temps à vous pavaner derrière des lunettes de soleil : fuyez. »*

Christopher Scott

De la même autrice à *l'école des loisirs*

Collection Moucheron

Illustré par Gaya Wisniewski

*Jimi de la planète aux couleurs*
*Jimi, Bleu nuit*

Collection Mouche

Illustré par Gaya Wisniewski

*Akita et les grizzlys*
*Thao et le Hamö secret*

Collection M+

*La pyramide des besoins humains*